항체의
딜레마

항체의 딜레마

임서진
소향
조윤영
나혜림
임성은

제7회 한낙원과학소설상
작품집

사□계절

◇

기획의 말

　올해도 어김없이 '한낙원과학소설상' 작품집을 선보입니다. 제1회 한낙원과학소설상 수상작품집『안녕, 베타』(2015)를 시작으로『하늘은 무섭지 않아』(2016),『세 개의 시간』(2017),『마지막 히치하이커』(2018),『푸른 머리카락』(2019),『고조를 찾아서』(2020)에 이어 일곱 번째입니다. 그 이후로 활발한 작품 활동을 계속하는 수상 작가들을 보고 있노라면 한낙원과학소설상이 우리 아동청소년 SF문학을 선도하는 구심점이 되지 않았나 내심 뿌듯합니다.

　한낙원 선생은 해방 이후 최초의 창작 과학소설로 꼽히는『잃어버린 소년』(1953)과 대표작『금성 탐험대』(1957) 등 1950년대부터 40년이 넘게 수십 편의 과학소설을 발표한 우리 과학소설의 독보적인 개척자이자 선구자입니다. 본디 과학소설의 시선은 미래를 향합니다. 가깝든 멀든 아직 경험해 보지 않은 시공간에서 특히 과학과 기술의 발전이 만들어 낼 세상은 어떨지 물음을 던집니다. 역으로 작품으로 다뤄지고 있는 미래 세계는 당대의 현실과 최첨단 기술을 반영하기도 합니다. 최초의 우주선인 소련의 스푸트니크 1호가 발사된 것이 1957년이었고, 미국의 아폴로 11호가 인류 최초로 유인 달 착륙에 성공한 것이 1969년이었습니다. 우리의 1950년대는 한국 전쟁으로 인한 아픔의 상처가 생생하고 그 폐허에서 벗어나는 것이 우선 명제였고, 1960년대는 근대화와 경제 개발을 최우선 과제로 삼던 때였습니다. 돌이켜 보면 열악하고 척박한 현실에서 과학소설이라는 형식으로 우리 독자들을 우주 탐사에 동참하게 한 선생의 열정은 그 자체로 미래였습니다. 또한 선생은 미국과 소련의 우주개발 경쟁을 '인류의 복된 미래'라는 점에서 경계하는 모습도 보여 줍니다. 과학기술 지식 자체가 중요한 것이 아니라 그것을 어떻게 운용해야 하는가를 묻는 질문과 이어지는 지점입니다. 한낙원과학소설상은 이런 선생의 정신을 이어 가자는 취지에서 제정한 것입니다.

한낙원과학소설상 작품집들에서도 보이듯 최근의 과학소설들은 그동안 발전된 과학기술의 현실에 걸맞게 참으로 다양한 과학적 상상력을 보여 줍니다. 우주여행, 시간여행, 로봇과 안드로이드, 외계 생명체뿐만 아니라 평행 우주, 인공 지능, 유전 공학, 가상 현실, 의식 통제, 메타버스 등 많은 과학적 지식들이 등장합니다. 과학소설은 이들 지식을 바탕으로 과학과 기술의 발전이 인간의 의식과 일상

생활, 사회에 어떤 영향을 끼칠지를 질문합니다. 가령 인공지능을 장착한 안드로이드라든가 클론을 다룬 작품에서는 인간이 무엇인지 근본적인 질문을 던지기도 합니다. 최근에 두드러지는 특징이 있다면, 과학소설의 형식을 빌려 현재의 여러 문제들에 집중하는 작품이 많아졌다는 점입니다. 역사, 환경, 인권, 동물권, 장애, 성차별 등 과학소설이 다루지 못하는 문제는 없습니다.

마스크를 쓰고 사회적 거리 두기를 강조하는 일상이 벌써 두 해가 다 되어 갑니다. 비대면 또는 언택트와 같이 과학소설에서나 보던 사회적 관계가 전혀 낯선 현실이 아니게 되었습니다. 백신 접종률이 높아지면서 단계적으로 일상을 회복해 보려는 움직임도 있지만, 그 역시 '코로나와 함께(위드 코로나)'입니다. 이런 현실이 언제 끝날지는 아무도 확실하게 말할 수 없습니다. 게다가 많은 가정이 경제적으로도 타격을 입고 기약 없이 힘든 시간을 보내고 있어 안타깝기만 합니다. 이렇게 어려운 상황에도 창작에 매진하는 작가들에게 뜨거운 응원을 보냅니다. 특히 한낙원과학소설상을 꾸준히 후원하는 유족분들과 공모와 시상식을 주관하는 『어린이와 문학』, 작품집을 계속 출간하는 사계절출판사에 한결같은 감사의 마음을 전합니다.

김경연(아동청소년문학 평론가)

차례

기획의 말 4

항체의
딜레마

임서진

◇

제7회 한낙원과학소설상
수상작

"당신을 알아."

갑자기 나타난 남자가 내게 말을 걸었다. 건물 1층 비감염인 구역 복도에는 나와 이 남자뿐이었다. 그는 위아래 모두 초록색 환자복을 입은 상태였다. 환자복 상의에는 혈액형, 몸무게, 키와 정체 모를 알파벳, 숫자가 빼곡히 적혀 있었다. 나는 남자를 무시했다.

"이브."

그가 내 이름을 불렀다. 나는 남자를 다시 볼 수밖에 없었다. 그는 나를 보며 뜻 모를 미소를 지었다.

"말했잖아. 당신을 안다고."

나는 남자를 똑바로 보았다. 나 또한 그의 이름을 제외하면 그에 대해 많은 걸 알았다. 혈액형, 나이, 생일 등등.

"나도 알아."

내 말에 남자가 고개를 갸웃했다. 그의 동작이 매우 느리게 느껴졌다.

"나를 안다고?"

"남들만큼은 알아."

"말은 왜 놓는 건데?"

"그건 당신도 마찬가지잖아. 나보다 두 살이나 어리던데."

남자는 그제야 자신의 옷을 내려다보았다. 그는 쓴웃음을 지으며 상의를 벗었다. 건장한 상체가 훤히 드러났다. 그는 팔뚝에 붉은 자국들이 선명히 보일 정도로 피부가 창백했다.

"그래도 키는 내가 당신보다 훨씬 커."

남자는 유치한 말로 대꾸하며 옷을 뒤집어 입었다. 옷은 실밥들이 튀어나와 지저분했지만 이제야 보통 사람 같았다. 큰 키에 건장한 체격을 가진 이 남자는 겉보기에는 환자 같지 않았다. 대체 어디가 아파서 이곳에 온 걸까? 나는 더 이상 남자에게 관심을 두지 않고 무시했다. 그러자 그도 복도를 떠났다.

나는 우리나라에서 가장 큰 제1 질병연구소의 정화 직원으로 청소와 소독을 하고 있다.

연구소는 바이러스에 감염된 사람들이 있는 감염인 구역과 비감염인 구역으로 나뉜다. 그래서 출입구도 두 개였다. 비감염인 구역의 입구는 건물 1층 정문으로 출입증만 있으면 누구나 드나들었다. 하지만 감염인 구역의 입구는 건물 뒤편에 따로 위치해 있었을 뿐만 아니라 높은 등급의 보안 출입증이 필요했다. 또한 감염인 구역의 근무자는 석 달에 한 번 심리 검사까지 받아야 출입증 보안 등급이 유지되었다. 그렇게 보안 검색대까지 통과하면 넓고 둥근 로비에 수십 개의 엘리베이터가 있었다. 이 엘리베이터는 지하로만 통했다. 지하가 바로 감염인 구역이었다.

지하층에 도착하면 감염인 구역을 상기시키는 경고등이 번쩍거리고, 산소마스크 웨일을 착용하라는 방송이 계속 흘러나온다. 두 구역의 입구를 다르게 만든 이유는 바이러스 감염인을 빠르게 이송하기 위해서지만, 내 눈에는 감염인들을 비감염인들로부터 완전하게 분리하려는 것처럼 보였다. 나는 주로 비감염인 구역을 맡아 청소하지만 때에 따라서는 감염인 구역도 청소했다.

일을 마칠 때쯤 낮에 만난 그 남자가 다시 내 앞에 나타났다. 그리고 내게 공처럼 구긴 종이뭉치를 던졌다. 나는 인상을 구기고 그를 보았다. 남자는 손가락으로 보안 카메라와 종이뭉치를 번갈아 가리키며 장난스럽게 웃었다.

"다시 만날 때 답을 줘."

그리고 그는 멀어졌다. 나는 신경질적으로 종이뭉치를 주워 그대로 쓰레기통에 던졌다.

"뭔 답을 달래."

나는 소각장에 가서 쓰레기통을 모두 비웠다. 이제 검정 버튼만 누르면 쓰레기가 아래로 떨어진다. 그런데 버튼을 누르려는 순간 무언가 반짝였다. 자세히 보니 남자가 던진 종이뭉치였다. 나는 종이뭉치를 꺼내서 펴 보았다. 엄지손가락만 한 금이 들어 있었다. 작은 게 묵직하고 빛을 받아 반짝반짝했다.

"금?"

종이에는 할퀴듯 빠르게 휘갈겨 쓴 글씨로 무언가 적혀 있었다.

'나를 도와줘. 그러면 네 발 크기만 한 금을 더 줄게.'

나는 주위를 둘러보았다. 아무도 없었다. 소각장은 보안 카메라가 없는 사각지대였다.

내가 사는 지구는 대오염의 시대를 맞이했다. 기후 변화로 심각한 대기 오염이 발생해 호흡기 질병이 생겼고, 인류 생존을 위협하는 가장 큰 바이러스가 등장했다. 바로 '논(None) 바이러스'다. 공기 중에 떠다니는 논은 이름 그대로 '아무것도 없다'라는 뜻으로 아직까지 뚜렷한 치료제가 없으며, 논은 한번 감염시킨 숙주를 세상에 남겨 두지 않았다.

논에 감염되면 피부에 붉은 반점이 생기고 가슴 통증을 동반한 마른기침이 멈추지 않는다. 게다가 두통과 고열이 지속되고 호흡에 어려움을 겪는다. 또한 감염 속도가 빨라 감염자들이 기하급수적으로 증가하고, 시간이 흐를수록 그 증상들은 점점 더 빨리 나타난다.

인간은 호흡을 위해 매일 약 1000리터의 산소가 필요한데, 공기가 정화된 곳 밖에서는 웨일을 착용하지 않으면 숨을 쉴 수 없게 되었다. 논으로 인해 지구 인구 4분의 1이 줄었고, 이 모든 일에 10년이 채 걸리지 않았다. 나는 논 발생 이후에 태어난 세대로 바이러스 시대를 살고 있다.

정화 작업을 시작합니다. 웨일을 벗지 마십시오.

퇴근 후 아파트 공동 현관에 설치된 정화 시설 앞에 서자 안내 방송이 나왔다. 건물로 들어가려면 항상 깨끗한 산소로 소독을 해야 했다. 정화 시설을 통과하자 삼중으로 막힌 문이 열렸다. 나는 엘리베이터 버튼을 눌렀다.

웨일을 꼭 착용하시길 바랍니다. 정기 소독일은 매달 7일입니다. 논 의심 증상이 보이면 꼭 999번으로 신고하십시오.

엘리베이터를 타고 올라가는 내내 모니터에는 황금색

공지 문구가 빛을 내며 계속해서 지나갔다. 이렇게 계속 주의를 받으며 얼굴을 덮는 웨일을 쓰지 않으면 바깥출입을 할 수 없었다.

띵! 79층입니다.

드디어 집에 도착했다. 나는 웨일을 벗어 현관 근처에 걸어 두었다.

"다녀왔습니다."

빈집에는 공허한 울림만 남았다. 아버지는 어릴 때 논으로 돌아가셨고 어머니는 내가 고등학생일 때 논으로 돌아가셨다. 아직도 그날이 생생하다. 보건국에서 나온 파란 옷을 입은 사람들이 어머니를 데려갔다. 나는 어머니의 손을 잡지 못했고 결국 우리는 영원히 헤어졌다. 논은 세대를 거듭할수록 변이해 인간을 전염시켰고 빠르게 죽게 했다.

나는 현관 신발장 앞에 서 있었다. 그러자 어김없이 시스템의 차분한 목소리가 들려왔다.

보안 코드를 말씀해 주세요.

"이브 8, 2, 0, 5."

인증되었습니다. 시스템을 시작합니다. 산소포화도 정상…….

집 안 모든 전등에 불이 켜졌다. 나는 물 한 컵을 들고 식탁에 앉았다. 그리고 안주머니에서 쪽지와 금을 꺼냈다.

"장난인가."

낮의 일이 떠올랐다. 그 이상한 초록색 환자복을 입은 남자를 생각하면 장난일 가능성이 다분했다. 하지만 이 금은…….

"금은 진짜 같은데."

나는 손바닥에 금을 올려놓고 불빛에 이리저리 비춰 보았다. 묵직했다. 그러다 식탁에 놓인 은행에서 온 독촉장들이 눈에 들어왔다. 빚을 갚지 못하면 집을 잃는다.

어머니가 돌아가신 지 10년이 지났지만, 이 집에는 어머니의 흔적이 남아 있다. 어머니의 손길이 닿은 가구와 화초가 여전히 살아 숨 쉬었다. 그리고 어머니 방도 냄새도 그대로였다.

나는 어머니까지 잃고 나서야 상담 치료를 시작했다. 상담사는 아직도 내가 이별을 받아들이지 못한다고 했다.

"이브 씨는 트라우마에 갇혀 있어요. 그래서 무엇이든 '잊는 것' 자체를 두려워하는 거예요. 요즘도 잠드는 게 두렵나요? 이브 씨, 하나부터 시작해요. 조금씩 잊기로 해요. 시도는 하고 있나요?"

'말은 쉽지.'

상담사는 항상 같은 말만 늘어놓았다. 그러나 누가 잊을 수 있을까. 나는 마시고 남은 물을 화분에 부었다.

"이렇게 살아 있는데."

물방울을 머금은 초록의 이파리는 유난히 생기 넘쳐 보였다. 이렇게 이 집을 포기할 수 없다. 나는 오늘 입고 나갔던 붉은색 모직 코트와 금을 챙겨 들었다. 집 근처 길가에 위치해 있어 따로 정화 시설을 두지 않은 작은 구멍가게를 갈 생각이다. 현관 앞에 서자 시스템이 작동했다.

웨일을 착용하시기 바랍니다.

나는 웨일을 쓰고 숨을 깊이 들이마셨다.

"후우."

딸랑딸랑!

가게에 들어서니 문에 달린 작은 종이 울렸다. 문에 종을 다는 가게가 여전히 남아 있다니, 정말 구식이라고 생각하던 차에 가게 안쪽에서 부스럭거리는 소리가 들렸다.

"어서 오슈."

나이가 지긋한 어르신이 나왔다. 물론 웨일을 착용한 채로. 나는 주머니에서 금을 꺼냈다.

"돈으로 바꾸려고요."

어르신은 금을 자세히 보더니 작은 기계에 올렸다.

"순금이구먼."

돋보기를 써서 눈이 왕방울만 해 보이는 어르신이 내게 말했다.

"이 동네에서 이런 물건은 보기 드물지. 부인네들이 가끔가다 낡아 빠진 반지나 목걸이를 가져오는 것이 전부고. 아, 저번에 어느 양반이 아주 좋은 보석을 가져온 적이 있어. 루비 반지인데……."

어르신은 말하다 말고 나를 보았다.

"보여 줄까?"

나는 고개를 저었다. 하지만 어르신은 안쪽으로 들어가 작은 상자를 가지고 나왔다. 상자 안에는 석류처럼 붉게 빛나는 루비 반지가 들어 있었다. 영롱하게 반짝이는 루비는 어떤 꽃 모양으로 세공되어 있었다. 나는 넋을 놓고 반지를 보았다.

"정말……. 예쁘네요."

예쁘다는 말이 부족할 정도였다.

"이걸 보고 있으면 진짜 장미를 보는 기분이여. 자네 살아 있는 장미 본 적 읎제?"

나는 고개를 끄덕였다.

"난 있구먼. 마지막 장미가 시들었을 때가 내 나이 서른

셋이었지.”

어르신은 반지를 다시 안으로 가져갔다. 그리고 나서 내
게 돈 봉투를 주었다. 생각보다 액수가 상당했다. 석 달치
대출금은 될 것 같았다.

“조심히 가시게나.”

다음 날, 나는 연구소 지하층인 감염인 구역으로 출근했
다. 비감염인 구역은 정화 시스템이 가동 중이라 웨일을 쓰
지 않아도 되지만, 감염인 구역은 웨일을 꼭 써야 했다. 이
곳은 항상 희미한 약품 냄새가 났다. 항균 처리된 파란 창
문 너머로 보이는 감염인들의 흐릿한 형체들을 애써 외면
하며 나는 웨일이 잘 고정되었는지 여러 번 확인했다. ‘완
전 소독’ 지침에 따라 비어 있는 병실을 정리하고 나오는
데, 그 남자가 나타났다. 우리는 다시 만났다.

“답은?”

“당신이 왜 여기에 있어? 당신, 감염인이었어?”

나는 웨일을 쓴 상태로 눈만 껌벅였다. 그는 감염인 구
역임에도 웨일을 쓰지 않은 채 내게 다가왔다. 어제와 같은
초록색 환자복을 입은 남자는 말없이 눈썹만 찌푸렸다. 나
는 무표정으로 그를 보고만 있었다.

“답.”

내 질문은 무시한 채 남자가 다시 말했다. 나는 그를 바

라보며 오른쪽 복도로 눈짓했다. 남자는 고개를 갸웃하며 눈을 가늘게 떴다.

"따라오라고."

나는 작게 말하며 걸음을 옮겼다. 업무 특성상 보안 카메라의 사각지대를 잘 알고 있었다. 나를 따라오는 남자의 발소리가 울렸다. 나는 소각장으로 가서 걸음을 멈추고 주위를 살핀 후 뒤따라온 남자에게 말했다.

"도와주면 내 발 크기만 한 금을 준다고?"

"맞아."

"확실해?"

"믿어."

"뭘 보고 믿으라는 거야?"

내가 그를 위아래로 보았다. 남자는 씨익 웃으며 이마 위로 흘러내린 검은 머리칼을 쓸어 넘겼다. 이상하게도 그의 행동이 무척 느리게 느껴졌다.

"믿기 어려우면 금을 믿어. 돈을 믿으라고. 이브."

남자가 내게 손을 뻗었다. 그리고 새끼손가락을 들어 보였다.

"다들 이렇게 약속을 한다며?"

"장난하지 말고."

내가 쌀쌀맞게 말해도 남자는 그저 소리 내어 웃었다. 나는 누구에게 들킬까 봐 황급히 손으로 그의 입을 막았다.

"알겠어. 약속할게. 그럼 이제 뭘 도와주면 돼?"

남자는 조용히 나를 보더니 말없이 쪽지만 주고 훌쩍 떠났다. 쪽지에는 짧은 메시지와 기계 설계도 같은 것이 그려져 있었다.

'이대로 주문해 줘. 아래 적힌 주소로 가면 될 거야. 값은 이미 치렀어.'

어제 받았던 크기의 금이 함께 들어 있었다. 나는 서둘러 퇴근했다. 복도를 지나는데 아는 얼굴이 튀어나왔다. 보안실에서 일하는 우라였다.

"이브!"

"우라구나. 퇴근하는 거야?"

"응. 2주 만에 정시 퇴근이야. 그건 그렇고 은행 일은 잘 해결했어?"

"아, 해결 중이야."

"도움 필요하면 언제든지 말해. 부담 갖지 말고!"

우라와 알고 지낸 지는 오래되었다. 우라는 내가 어머니의 병원비로 힘들어할 때도 망설임 없이 도와주었고 어머니가 돌아가셨을 때도 내 곁을 지키며 위로해 줬다. 그리고 연구소 정화 일도 소개해 주었다. 이미 나는 우라에게 여러 번 신세를 졌다. 더 이상 걱정을 끼치고 싶지 않았다.

"아냐, 괜찮아. 고마워."

"꼭 로봇처럼 말하네. 누가 써 준 말이야?"

나는 인상을 찌푸렸다. 우라는 깔깔깔 웃으며 내 볼을 찔렀다.

"인간 맞네. 이브, 오늘 우리 집에서 저녁 먹을래?"

좋다고 대답하려는 찰나 주머니 속 차가운 금이 손끝을 스쳤다.

"오늘은 다른 일이 있어서."

"무슨 일인데?"

"은행."

우라가 나를 이상하게 보는 것 같았다.

"아, 은행에 가야 할 것 같아서."

"그래. 그럼 내일 보자."

우라는 나를 한참 보더니 미소 지었다.

나는 서둘러 쪽지에 적힌 주소로 갔다. 허름한 가게에는 귀와 코에 피어싱을 주렁주렁 단 젊은 여자가 웨일을 쓰고 있었다.

"이대로 물건 부탁해요. 돈은 이미 지불했다고 들었어요."

"연구소?"

나는 고개를 끄덕였다. 여자는 안쪽 작업실로 들어갔다. 가게 안은 다시 죽은 듯이 조용해졌다. 칠이 벗겨진 창틀에는 죽은 먼지만이 쌓여 있었다. 깨끗한 공기가 사라지면서 인간을 귀찮게 하던 날벌레와 파리도 사라졌다고 했다. 파리도 살지 못하는 세상에 인간들은 살아남았다.

"주문자 이름은요?"

작업실에서 나온 여자가 물었다. 나는 남자의 생일, 혈액형, 신장, 혈압 심지어 혈소판 수치까지 알았지만, 이름은 몰랐다. 그래서 그냥 내 이름으로 주문했다.

"이브요."

이튿날 아침 그는 귀신같이 내가 있는 곳을 잘도 찾아왔다. 하지만 남자는 여전히 웨일을 착용하지 않았다. 나는 재빨리 웨일을 쓰고 장갑을 꼈다. 그리고 그에게 전표를 주었다.

"주문은 내 이름으로 했어. 그쪽 이름을 몰라서."

남자는 내게 무언가 말하려다 말고 낯선 사람 보듯이 나를 보았다.

"웨일은 왜 쓴 거야? 비감염인 구역인데?"

"당신이 안 썼잖아. 감염인 구역에서도. 왜 웨일을 쓰지 않는 거야?"

내 물음에 남자의 입꼬리가 비틀어졌다.

"난 감염되지 않았으니까. 그러니까 장갑도, 웨일도 벗어."

목소리를 높이며 말하던 그가 갑자기 우울해 보였다.

"나는 논 항체를 가졌어. 그러니까 웨일도 필요 없고, 인간을 감염시키지도 않아."

남자는 자신의 오른팔에 있는 은색 팔찌를 보여 주었다. 팔찌는 절대 빠지지 않을 것처럼 단단해 보였다. 논 항체 A001이라고 적혀 있었다. 나는 남자를 다시 보았다. 이상한 인적 사항이 잔뜩 적힌 환자복을 입은 이유를 이제야 알 것 같았다. 오래전부터 이 연구소에서 항체를 연구한다는 말이 돌았다. 그러나 그저 비감염인들을 안심시키려는 뜬소문이라고 생각했다. 게다가 항체의 존재 여부를 떠나 그 항체가 사람일 줄은 꿈에도 몰랐다. 연구소는 세상에 발표하지도 않은 채 그를 숨기고 있었다. 그리고 지금까지 발표한 게 전부라면, 아마도 그가 논 항체를 가진 유일한 인간일 것이다.

"탈출하려고 이런 부탁을 한 거였어?"

"그럼 안 돼?"

"당신 덕분에 세상은 달라질 거야."

나는 웨일을 벗으며 말했다. 남자는 소매를 걷어 자신의 팔을 보여 주었다. 처음 만났을 때 보았던 붉은 자국은 여전히 선명했다.

"이 자국들 보여? 난 하루에도 수십 번씩 주삿바늘을 꽂아. 태어날 때부터였어."

남자는 내 손에 있던 웨일을 빼앗아 들고는 내 눈앞에서 흔들었다. 그의 목소리는 무척 날카로웠다.

"너는 이걸 쓰면서 무척 갑갑하다고 느끼겠지만 나는 연구소를 벗어날 수 없어. 내 방은 창문 따위도 없다고."

나는 할 말을 찾지 못하고 시선을 떨구었다. 그를 똑바로 볼 자신이 없었다.

"내가 계속 이곳에 있다면 아주 오래는 살겠지. 하지만 지옥이야. 단 하루라도 자유롭게 살다가 죽고 싶어."

그는 내게 어떠한 위협도 가하지 않았다. 그러나 나는 더는 이곳에 있을 수 없었다. 그래서 도망쳐 버렸다. 그의 고통을 똑바로 볼 자신이 없었고 탈출을 도울 자신은 더더욱 없었다. 나는 더 멀리 도망쳤다.

그렇게 며칠 동안 나는 남자를 피했다. 그도 더 이상 나를 찾지 않았다. 나는 안도하는 동시에 자책했다. 그가 안타까웠지만, 도울 방법은 없었다. 나는 고민 끝에 우라를 찾아갔다. 아무리 생각해도 지금같이 복잡한 마음을 털어놓을 수 있는 사람은 우라밖에 없었다. 나는 우라에게 그동안 있었던 일들을 하나도 빠짐없이 털어놓았다. 처음 남자를 만나 금을 받은 것을 시작으로 논 바이러스를 종식할 유일한 희망일지도 모르는 사람의 탈출을 도우려 한 일들까지 말이다. 우라는 내 말이 끝날 때까지 조용히 들어 주었다.

"이브. 나한테 가장 먼저 말한 거 맞지?"

나는 고개를 끄덕였다. 우라는 생각에 잠긴 듯 잠시 한곳을 뚫어져라 응시했다. 그러고는 다시 입을 열었다.

"이 일을 절대 다른 곳에 발설하면 안 될 것 같아. 항체가 진짜 있다니, 그것도 사람이라니…… . 정말 놀랐어. 하지만 내 생각에는 네가 그 남자를 만났던 영상 데이터들을 모두 지워야 할 것 같아."

"왜?"

"왜긴 왜야, 널 위해서지. 이렇게 오랫동안 항체를 숨긴 이유가 따로 있을지도 몰라. 심지어 너는 그렇게 중요한 사람의 탈출까지 도우려 했어. 이 일이 알려지면 연구소에서 분명 널 가만두지 않을 거야. 겁주고 싶지는 않지만, 왠지 위험한 상황인 것 같아…… ."

우라의 말에 나는 조금 겁이 났다. 우라는 남자와 내가 만났던 영상을 서버에서 전부 지웠다.

"이브, 또 이런 일이 생기면 내게 말해 줘. 돈은 나도 빌려줄 수 있어."

"고마워."

"잠깐 있어 봐, 마실 것 좀 가져다줄게."

우라가 방을 나갔다. 나는 놀란 마음을 가라앉히며 모니터로 시선을 옮겼다. 그리고 별생각 없이 버튼을 눌렀다. 화면이 여러 번 바뀌었다. 그러다 1층 출입구 보안 문 구역에서 칠흑 같은 머리칼을 쓸어 넘기는 낯익은 얼굴이 보였다. 그 남자였다. 그는 이따금씩 복도를 왔다 갔다 했다.

때마침 다시 우라가 들어왔다. 나는 얼른 화면을 바꿨다. 우라는 내 기분을 살피며 새로운 화제로 이야기를 하려 노력했다. 하지만 그 어떤 말도 귀에 들어오지 않았다. 나는 긴장한 나머지 과자만 축냈다.

"배고파? 과자 더 가져다줄게."

우라가 나가자 나는 다시 버튼을 눌러 남자를 찾았다. 화면이 여러 번 바뀌고 나서야 어떤 방에 있는 그가 보였다. 그의 방이 분명했다. 사방이 벽으로 막힌 방은 침대와 운동기구 몇 개 그리고 작은 화분이 전부였다. 갇혀 있는 그를 보니 자꾸만 죄책감이 파도처럼 밀려들었다.

그날 이후 그의 방을 좀체 잊을 수 없었다. 휴가를 내고 집에서 쉬는 동안에도 이상하게 그가 자꾸 생각이 나고 마음이 쓰였다. 나는 상담사를 찾아갔다. 상담사의 말에 따라 그를 잊으려고 몸이라도 바쁘게 움직여 청소도 하고 화초에도 물을 주었다. 물빛을 머금은 화초들은 모두 싱그러운 초록빛 잎과 넝쿨을 뽐내고 있었다. 초록빛 잎들이 무성한 화분들을 보고 있으니 초록색 환자복을 입은 남자가 다시 떠올랐다. 생각은 꼬리에 꼬리를 물고 계속 그를 떠올렸고, 그를 외면한 것이 마음을 무겁게 짓눌렀다. 단 하루라도 자유롭게 살다가 죽고 싶다는 그의 말은 나를 더욱 괴롭게 했다.

휴가가 끝나고 나는 연구소에 출근했다. 그리고 남자를 찾아다녔다. 처음 마주쳤던 1층 비감염인 구역에서 그를 다시 만났다. 그의 칠흑 같은 머리칼은 조금 더 길었고 나를 보는 눈빛은 지쳐 있었다. 그는 나를 지나쳐 갔다.

"당신을 찾아다녔어."

나는 남자의 등에 대고 말했다. 그는 걸음을 멈추고 나를 돌아보았다.

"이브는 도움이 필요한 사람을 보면 도망쳐?"

"선의도 용기가 필요해."

그는 딱딱한 얼굴로 서 있었다.

"내 행동에 상처받은 건 알아. 하지만 우린 딱 세 번 만났어. 그리고 난 겁이 났어."

뒤돌아서서 떠나려는 그를 향해 계속해서 말했다.

"내가 도울게. 이곳을 떠나게 해 줄게."

그는 말이 없었다.

"밖으로 나가면 논 항체가 있어도 다른 병에 걸릴 수 있어. 또 사고로 죽을 수도 있고 위험한 일이 더 많을 수도 있고. 그래도 하루를 살아도 밖에서 살고 싶다면 내가 자유를 찾아 줄게."

"이브가 위험해질 거야."

"괜찮아. 충분히 생각했어."

그가 다가와 시선을 내게 맞췄다.

"정말 도와줄 거야? 이브가 위험해진다 해도?"

나는 망설이지 않고 고개를 끄덕였다. 그는 한숨을 쉬며 이마를 문질렀다. 내가 먼저 말을 꺼냈다.

"나는 논 때문에 어머니를 잃었어. 어머니는 보건국 직원들에게 끌려가다시피 떠나셨고, 그 일은 내게 여전히 트라우마로 남았지. 내 병은 잊지 못하는 거야."

그는 가만히 내 말을 들었다.

"상담사는 조금씩 잊는 것도 필요하대. 노력했지만 나는 자꾸 모든 게 기억나. 통제할 수 없는 또 다른 내가 '잊는 것'을 거부해. 눈을 감아도 꿈을 꿔도 모든 걸 기억하고 끝없이 되새김질해. 모두가 적당히 잊어야 내가 산다고 말하지만……. 아마도 나는 죽어야만 비로소 모든 걸 잊을 듯해."

"그래서 지금 일부러 위험해지려는 거야? 죽으려고?"

그가 놀란 눈으로 나를 보았다.

"내가 잊지 못하는 병이 있다고 말해 준 것뿐이야. 너를 외면한다면 기억에 남아 스스로를 영원히 괴롭히겠지. 그러니까 나 편하려고 널 돕는 거야."

"이브."

"왜?"

그가 말없이 나를 보았다. 그는 평소와 다르게 나약해 보였다. 나는 그의 팔을 꽉 잡았다. 그의 태도에 오히려 내 마음이 더 확고해지는 것 같았다.

"약속할게. 내가 끝까지 지켜 줄게. 너를 꼭 도울게. 이번 엔 도망치거나 떠나지 않고."

그는 대답 대신 근사한 웃음을 내게 보여 주었다. 웨일을 안 썼는데도 호흡이 가빠지고 얼굴이 뜨거웠다.

다음 날부터 우리는 보안 카메라가 없는 감염인 구역의 소각장에서 만나 탈출 계획을 세웠다. 나는 그가 연구소에서는 자유롭게 돌아다닌다고 생각했다. 하지만 전혀 아니었다. 그는 정해진 시간 외에는 자신의 방 밖으로 나올 수 없다고 했다. 그래서 이렇게 소각장에서 탈출 계획을 짜며 보내는 게 그의 유일한 자유 시간이었다.

나는 지난밤 주문했던 신호기 수십여 개를 연구소 주변 높은 건물들에 모두 부착했다. 그의 말로는 신호기가 자신을 추적하는 신호를 방해하는 역할을 한다고 했다. 그러나 나는 너무 피곤했고 녹초가 된 나머지 신나게 말하는 그의 목소리에 집중할 수 없었다.

자주 만나면서 나는 그에 대해 조금씩 알게 되었다. 그는 자주 우울해했다. 그래도 가끔 그의 입꼬리에 걸린 잔잔한 미소가 보기 좋았다. 그런 표정을 볼 때마다 그의 우울도 특별하게 느껴졌다.

"그런데 이 금은 어디서 났어?"

나는 그에게 받은 금을 주머니에 넣으며 물었다. 이제는 필요하지 않다고 해도 그는 약속한 건 지켜야 한다고 고집을 부렸다.

"연구소를 벗어난 적이 없다며?"

"어떤 박사가 줬어. 나중에 이곳을 나가면 필요할 거라고 했지. 그의 생각이 한 번도 맞은 적은 없었지만 말이야……."

그의 말을 잠자코 들었다. 그리고 그동안 잊고 있던 질문이 떠올랐다.

"그런데 네 이름이 뭐야?"

"일찍도 물어보네."

그는 무언가 말하려다 말고 미소만 지었다.

"나중에 말해 줄게."

그동안 차근차근 준비했던 우리의 계획은 이랬다. 먼저 지하 감염인 구역 내 제한 구역에 있는 메인 컴퓨터 서버를 해킹한다. 그런 다음, 그의 몸에 심은 추적 장치를 멈추게 하고 연구소를 빠져나가는 것이었다. 제한 구역에 들어가기 위해서는 검은색 등급의 출입증이 필요했다. 보안 등급이 높은 직원들만이 가진 이 출입증은 의외로 소수의 정화 직원들도 가지고 있었다. 나는 감염의 위험을 떠안는 '완전 소독' 지침을 따라야 했기에 연구소의 모든 시설에 출입해야 했다. 그래서 내 출입증을 이용하면 됐다.

남자와 나는 계획을 실행하려고 만났다. 그런데 갑자기 검은 옷을 입은 사람들이 들이닥쳤고 그를 붙잡았다.

"이거 놔, 이거 놓으라고. 이브!"

그가 소리치며 내게 손을 뻗었다. 하지만 우라가 나타나더니 나를 붙잡았다.

"우라?"

"미안해. 이브. 어쩔 수 없었어."

검은 양복을 입은 사내 중 한 사람이 내게 다가오더니 명함을 내밀었다.

"이브 씨, 놀라지 마세요. 저는 연구소의 책임자면서 안드로이드 A의 소유자입니다. 그리고 A의 탈출 시도를 막으러 왔습니다."

나는 할 말을 찾지 못했다.

"저희는 이브 씨를 의심하지 않습니다. 아마 당신도 다른 피해자들처럼 양심에 따라 행동했으리라 생각하기에 죄를 묻지 않겠습니다. 그리고 A 또한 아직 연구소에 있으니까요."

"도대체 그게 무슨?"

나는 연구소 책임자가 무슨 말을 하는지 이해되지 않았다.

"당신이 탈출을 도우려 했던 A는 논 항체를 만들기 위해 설계된 안드로이드, 그러니까 로봇입니다. A를 개발한 박사는 몸에서 항체를 자라게 하기 위해 인간과 흡사하게 A를 만들었습니다. 그래서 A는 자유를 꿈꾸며 인간의 감정과 마음을 이용해 여러 번 탈출을 계획했습니다."

이해할 수 없는 말들이 한꺼번에 머릿속으로 들어왔다. 머리가 터질 것 같았다.

'A? 인간이 아니라고?'

"A를 인간처럼 만든 건 합법적인 절차로 진행된 일입니다. 그리고 이건 엄중한 기밀입니다. 이브 씨가 비밀 유지 계약서에 서명만 한다면 법적으로 아무 문제 없게 도와 드리겠습니다."

연구소 책임자가 설명하는 중에도 남자는 분노에 찬 목소리로 내 이름을 불렀다.

"저는 이해가 안 돼요. 그는 아무 말도, 그는 정말 인간인데……. 도대체 그게 무슨 말이에요?"

나는 남자를 보았다. 그의 이름은 A였다. A, 이게 다였다.

"진짜 이름이 A야? 로봇이고?"

"숨겨서 미안해. 이브."

정말 A는 탈출을 위해 나를 이용한 걸까. 그가 내게 했던 말과 행동이 자꾸만 떠올랐다. 그는 내게 간절한 눈길을 던졌다.

"……하지만 난 정말 자유가 필요해."

연구소 책임자가 말했다.

"박사는 A를 항체의 그릇으로 이용하기 위해 가장 인간다울 '자유'를 A의 머릿속에 넣었습니다. 그래서 A는 사람들을 이용해 이런 탈출을 수십 번 넘게 시도했습니다. A는 로봇입니다. 밖의 인간들은 논 바이러스로 죽어 가고 있어요. 하지만 A로 인간을 살릴 수 있습니다. A는 유일한 항체 안드로이드이고 우리는 A가 필요합니다."

"하지만⋯⋯."

내가 당황해서 말을 잇지 못하자 책임자는 또 다른 이야기를 시작했다.

"인간은 살인을 하면 감옥에 가죠? A는 자신을 만든 박사를 죽였습니다. 그래서 A가 유일한 항체일 수밖에 없는 거죠. 우리에겐 증거가 있습니다. 보안상 이브 씨께 모든 걸 보여 줄 수는 없지만, A가 가지고 있는 박사의 금이 증거 중 하나입니다."

나는 A를 보았다. A는 괴로운 표정을 지었다. 아니면 괴로운 척 연기하는 걸까.

"박사가 죽은 건 사실이야. 하지만 내가 죽인 게 아니야. 금은 박사가 준 거고. 이브! 이브⋯⋯."

그가 내 이름을 불렀다.

"그런데 내 이름을⋯⋯. 대체 어떻게 안 거야?"

그는 내 이름을 어떻게 알았을까. 머릿속이 안개가 낀 듯 하얘졌다.

"A의 지능은 측정하기 어려울 정도로 높습니다. A가 당신을 이용하려 결정했다면 당신의 정보를 쉽게 알아낼 수 있었을 겁니다. 의료 기록까지도요. A에게는 쉬운 일입니다. 원하면 뭐든 할 수 있어요. 그래서 우리가 A를 감시하는 겁니다."

A는 고개를 숙이고 있었다.

"A는 너무 똑똑해서 우리의 감정을 이용하고 마음을 조종할 수 있대. 감정을 느끼지 못하는 로봇이야. 흉내만 낼 뿐이지."

우라의 말에 A가 맥없이 말했다.

"그래, 나는 감정을 몰라. 하지만 나는 널 알아. 이브, 나는 그냥 로봇이 아니야."

"그래요. 솔직히 로봇과는 다릅니다. 사실 인간에 더 가깝다고 볼 수 있어요. 하지만 인간은 절대 아닙니다."

책임자가 냉정하게 말했다. 나는 말없이 A를 보았고 결국 시선을 떨어뜨렸다.

"우라, 나 좀 집에 데려다줘."

내 목소리가 낯설게 들렸다. A는 고개를 들고 나를 보았다. 그의 눈빛은 흔들렸다.

"날 찾아다녔다고 했잖아. 도와준다고, 이곳을 떠나게 해 준다고 그랬잖아. 내게 자유를 찾아 준다고 그랬잖아! 약속했잖아. 지켜 준다고. 혼자 떠나지 않겠다고 했잖아. 이브!

가지 마, 제발."

그는 나를 향해 간절하게 손을 뻗었다. 어머니의 손과 겹쳐 보였다. 나는 그의 손을 잡지 못했다.

"듣지 마. 이브."

우라가 나를 잡아끌었다. 그의 목소리가 처절하고 너무나 진심같이 들려서 아무리 가짜라고 해도 마음이 아팠다. 그는 내가 한 말을 전부 기억하고 있었다. A는 인간의 감정을 잘 알았고 나를 흔들어 놓았다.

"잊어."

침묵으로 가득한 차 안에서 우라는 내게 말했다.

"오늘 일 더 이상 생각하지 마. A는 로봇이야."

나는 A를 잊기 위해 그를 더 이상 생각하지 않으려 했지만, 잊어야 한다는 생각 때문에 A는 더욱 내 머릿속을 떠나지 않았다. 나는 집에 돌아오자마자 침대에 누웠다. 이 집은 A의 금 덕분에 내 집이 되었다. 금은, A가 박사를 죽였다는 증거 중 하나라고 했다. 정말 A가 박사를 죽였을까? 연구소에서 메시지가 들어와 있었다. 상황이 정리되는 대로 다시 연락을 주겠다고. 나는 습관처럼 어머니가 늘 앉았던 발코니에 갔다. 화초들은 여전히 싱그럽고 푸르게 반짝였다.

A는 인간을 살리기 위해 만들어졌다. 그가 원한 삶은 아니었다. A는 자유를 원했다. 인간이 임의로 주입했지만 결국 A가 원하는 것이 되었다. 책임자는 A의 마음이 인간에

의해 만들어졌기 때문에 가짜라고 했다. 하지만 그런 이유로 그의 마음이 가짜라고 할 수 있을까? 그의 마음이 진짜든 가짜든 상관없다. A를 자유롭게 해 주고 싶다는 내 마음 하나면 이미 충분했다.

"A한테 가야겠어."

내 목소리가 귓가를 울렸고 더욱 선명해졌다. 마음을 정하니 어떻게 해야 할지 머릿속은 불이 켜진 듯 환해졌다.

나는 사각지대를 이용해 금방 A의 방에 닿았다. 그리고 방문을 열고 들어가 A를 흔들어 깨웠다.

"일어나."

그는 멍하니 나를 보았다.

"이브?"

그의 눈빛이 흔들렸다.

"왜 돌아온 거야."

"내 마음이야."

나는 그를 잡아끌었다. 그러나 그는 여전히 혼란스러운 얼굴이었다.

"이브는 정말 잊지 못하는구나."

'A는 분명 의료 기록을 보고 내 트라우마를 이용했겠지.'

머릿속에서 다른 목소리가 들려왔다. 하지만 가슴이 세차게 뛰어서 생각이 이어지지 못했다.

"억지로 하는 거라면 관둬."

"너는 몰라. 인간은 원하지 않는 일은 절대 하지 않아."

나는 서둘러 웨일을 썼다. 우리는 방을 빠져나와 메인 컴퓨터가 있는 지하 감염인 구역으로 갔다. 그는 컴퓨터 시스템에 접속해 서버를 해킹했다. 그런데 추적 장치를 해제하자마자 연구소 전체에 경보음이 울렸고 멀리서 발소리가 들려왔다. 나는 뒤를 돌아보았다.

탕!

갑작스러운 총성과 함께 내 웨일이 깨져 버렸다. 구멍 난 부분을 손으로 막고 달렸다. 그러나 시야가 흐릿했다. 나는 어쩔 수 없이 최대한 숨을 참으며 깨진 웨일을 벗어 던지고 달렸다.

서버를 해킹한 A가 연구소를 통제한 덕분에 우리는 보안문을 빠르게 통과했다. 그리고 지상용 엘리베이터를 타고 비감염인 구역으로 올라왔다.

"이브? 괜찮아?"

너무 열심히 달려서 그런지 이상하게 가슴이 답답했다. 비감염인 구역인데도 앞이 흐릿하고 숨은 잘 쉬어지지 않았다.

"콜록, 콜록! 난 괜찮아."

탕! 탕!

"멈춰! A."

요란한 총성과 함께 검은 옷을 입은 사람 수십 명이 우리를 쫓아왔다.

"하아, 이브 당신 정말. A는 당신을 속이고 있어요. 지금이라도 늦지 않았어요. 당신이 A를 막을 수 있다고요. 환자들을 살려야죠!"

"듣지 마, 이브."

A가 내게 조용히 속삭였다. 나는 머리가 어지러웠다. 검은 무리 속 누군가 계속해서 나를 설득했다.

"이브 씨, 죽고 싶지 않다면 A를 막아요. A는 연구소를 나가면 안 돼요!"

시스템 서버를 해킹한 탓에, 저들은 연구소를 더 이상 통제할 수 없었다. 그러자 수십 개의 총부리가 우리를 향했다.

"저들은 우리를 죽이지 못해."

A가 조용히 말했다. 그리고 그의 손에 은색으로 반짝이는 것이 보였다. 수술용 칼이었다. A는 자신의 목에 칼을 가져다 댔다.

"가까이 오면 날 잃게 될 거야. 어차피 나도 이런 식으로는 더 이상 살고 싶지 않거든."

A가 말했다. 총은 여전히 우리를 향해 있었지만, 더 이상 가까이 다가오지 못했다.

"A, 조금이라도 움직이면 이브를 쏘겠다!"

검은 옷을 입은 사람들이 내게 총을 겨눴다. 그리고 그때

A가 갑자기 나를 사람들 쪽으로 떠밀었다.

"마음대로 해."

서늘한 A의 목소리가 내 귀에 닿았다. 마치 이제 나는 이용 가치가 없다는 듯이. 낯설었다. A가 사람들을 차갑게 노려보았다.

"콜록, 콜록, 콜록!"

잔기침이 멈추지 않았다. 검은 옷을 입은 사람들은 내게 원망의 눈빛을 던졌다. 그리고 이렇게 말하는 것 같았다.

'너는 탈출의 도구일 뿐이었어.'

A는 자신을 겨누고 있는 총을 무심히 보았다.

"너희는 날 쏘고 싶어도 쏠 수 없잖아, 안 그래? 내가 유일하잖아. 나도 처음에는 인간들이 불쌍했어. 그래서 기꺼이 도왔지. 너희 인간들을."

"인간이 널 만든 거야. 환자를 살리기 위……."

연구소 책임자가 거만하게 소리쳤지만, A의 날카로운 목소리가 그의 말을 잘랐다.

"오직 상류층 환자였지."

"A, 똑바로 들어. 도움을 받으려고 널 만든 게 아니야. 넌 인간이 창조한 소모품이야. 그저 안드로이드라고!"

그는 도움이 안 되는 말로 A를 자극했다. A의 입꼬리는 뒤틀린 듯 올라갔고 목소리는 더욱 싸늘했다.

"당신, 인간이 영원히 우월한 존재일 것 같지? 틀렸어.

나를 만든 박사가 왜 자살했는지 알아? 자연은 더 우월한 종에게만 자비로워. 네안데르탈인도 바이러스로 인해 멸종했고 우월종인 호모 사피엔스만이 결국 특정 바이러스에서 살아남았어. 박사는 인류의 멸종을 예견한 거야."

그의 말이 어딘가 이상했다.

"A. 너 무슨 짓을 하려는 거야? 콜록, 콜록!"

기침하는 나를 내려다보는 A의 표정이 차가웠다. 그는 단순히 자유만을 꿈꾼 게 아닌 듯했다.

"논으로 지구 인구가 4분의 1 줄었다지? 하지만 인간 때문에 지구 생물 절반이 멸종했어. 인류는 이제 자멸의 길을 가고 있을 뿐이야."

내 손등에 붉은 반점이 보였다. 나는 점점 숨이 가빠지기 시작했고 식은땀이 줄줄 흘렀다. 논은 나를 빠르게 죽이고 있었다. 내가 숨을 내쉴 때마다 시야가 뿌옇게 흐려졌다.

"당신들이 쏘지 않아도 어차피 이브는 죽어 가고 있어."

"콜록, 콜록!"

검은 옷을 입은 사람들은 식은땀을 흘리는 나를 보더니 무언가 알아챈 듯 급하게 벗어 두었던 웨일을 찾았다. 그 순간, 갑자기 연구소의 모든 전력이 차단되었다. 어둠 속 연구소 천장에서 바람이 나오기 시작했다. 놀라울 만큼 차분한 A의 목소리가 컴컴한 건물 안에 울려 퍼졌다. 검은 옷을 입은 사람들이 기침을 하기 시작했다.

"바이러스가 곧 퍼지겠지……."

내 몸은 자꾸 땅으로 꺼지듯 무거워졌다. 나는 정신을 잃기 전 몸이 붕 뜨는 걸 느꼈다.

눈을 뜨자 흐린 밤하늘이 보였다. 차가운 밤공기도 느꼈다. 웨일을 쓰지 않고 밖에서 숨을 쉬는 것은 태어나 처음이었다. 몸 밖으로 숨이 나가고 차가운 공기가 들어오는 것이 느껴졌다. 나는 수술용 포트에 누운 채였고, 팔에는 주삿바늘이 꽂혀 있었다. 이마에는 열이 펄펄 끓었다.

"왜 날 살리는 거야?"

자신의 피를 뽑은 A가 무표정하게 나를 보고 있었다. 그가 무슨 생각을 하는지 알 수 없었다.

"내 마음이야."

"A……."

목이 잠겨 말을 이을 수 없었다. 그의 머리칼은 밤하늘과 겹쳐 어둡지만 푸르렀다. 그는 내가 누워 있는 포트를 동면 모드로 설정했다.

"다시 만나면, 내 이름으로 불러 줘."

그가 고개를 숙여 내 귓가에 무언가 속삭였다. 그의 손끝이 차가운 내 볼을 스쳤다. 눈이 감기고 나는 깊은 잠으로, 끝없는 무의식으로 떨어졌다.

다시 내가 눈을 떴을 때, 세상은 무척 낯설었다. 공기는 수정처럼 맑고 푸른 하늘엔 새들이 날고 나무는 흙에서 자라고 있었다. 나는 포트에서 일어나 맨발로 잔디를 밟았다. 그리고 전혀 늙지 않은 아름다운 그를 바라보았다.

"당신을 깨우기까지 정말 오래 걸렸어."

그가 내게 손을 내밀었다. 나는 그의 손을 꼭 잡았다.

"정말 긴 꿈을 꿨어. 아담."

◇

저는 과학과는 가깝지 않은 삶을 살았습니다. 어렸을 때부터 소풍 전날이면 비라도 올까 싶어 동생과 함께 비가 내리지 않기를 바라는 의식을 치렀습니다. 그렇게 비과학적인 것에 믿음을 가지며 좋은 꿈을 꾸면 복권을 사고 재수 나쁜 말을 하면 나무를 두드립니다.

귀신은 세상에 없다고 생각하면서도 밤에 잘 때면 의자는 꼭 책상에 밀어 넣고, 아무리 더워도 발이 이불 밖으로 나가지 않게 덮어야 잠이 옵니다. SF영화에 눈을 뜨게 된 후에는 산성 침을 흘리는 '에일리언'이 무서워 우주가 부디 텅 빈 공간이기를 바랐고, 인터넷에서 새로운 로봇이나 인공 지능에 대한 기사를 보면 '로봇 전쟁'이라도 일어날까 봐 로봇 전쟁이 오기 전에 죽으면 좋겠다는 생각을 하기도 했습니다.

그런데 에일리언과 로봇 전쟁보다 더 가까운 미래는 코로나19 바이러스였습니다. 코로나19 사태는 당연히 금방 끝날 거라 생각했지만 점점 길어졌고 치료제를 간절히 기다리게 되었습니다. 「항체의 딜레마」는 이런 기다림에서 시작했습니다. 처음 생각했던 이야기와는 반대로 흘러갔지만 상상은 계속 가지를 뻗어 항체와 로봇에게 닿았습니다.

한낙원과학소설상 당선 후, 우물 안 개구리가 이제는 밖으로 나왔다고 생각했습니다. 하지만 개구리는 여행을 하고 다시 자기 우물로 돌아왔습니다. 자기 우물만큼 마음 편한 곳이 없었습니다. 우물 안의 물건은 전부 개구리의 손때가 묻었습니다. 자신의 엉덩이 자국까지 남은 편안하고 안락한 의자도 전부 개구리 자신의 흔적이었으니까요. 무엇보다도 우물 안에서 글도 재밌게 썼으니 정말 안락한 우물이 아닐 수 없습니다. 여행이란 언제나 집으로 되돌아오는 거라고 하듯이 개구리도 종종 여행을 하겠지만 끝없이 우물로 돌아올 것입니다.

많은 분들께 진심으로 감사 인사를 드리고 싶습니다. 먼저 '한낙원과학소설상'의 기틀을 마련해 주신 故한낙원 선생님과 유족분들, 『어린이와 문학』관계자분들 그리고 제 글을 읽어 주시고 당선작으로 선정해 주신 심사위원분들께 감사 인사를 드립니다. 또한 출간을 위해 꼼꼼히 살펴봐 주신 사계절출판사 편집부 선생님들도 정말 감사합니다.

지금은 코로나19로 인해 모두가 힘든 시간을 보내고 있습니다. 제가 좋아하는 영화에 이런 말이 나옵니다.

"가장 어두울 때에도 행복은 존재한다. 단지, 누군가 불을 켜는 것을 잊지 않는다면."

저는 이 말을 제 마음 한 귀퉁이에 두고 마음이 어두워지면 꺼내어 밝힙니다. 세상이 휘청하고 서로가 만날 수 없는 비대면 시대에 모두의 몸은 멀지만 마음만은 가깝기를 바라며 어두운 밤 적막히 내리는 별빛처럼 제 글도 세상에 잔잔히 내리길 꿈꿉니다. 그러면 저는 계속 쓰는 사람으로 남을 수 있을 것입니다. 감사합니다.

임서진

반달을
살아도

임서진

◊

수상작가
신작

나는 병원에서 눈을 떴다. 사방이 투명한 벽으로 막힌 작은 병실 침대에 누워 있었다. 나에 대해서는 전혀 기억나지 않지만, 그래도 이곳이 병원이라는 것은 알았다. 내게서 떨어져 나온 것 같은 의료 장비들이 침대 근처에 대롱대롱 달려 있었다. 이것들은 동력을 잃은 것처럼 보였다. 나는 침대에서 내려와 팔다리를 움직여 보았다. 몸은 멀쩡했다. 머릿속이 혼란스럽고 뿌연 것만 빼면 말이다.

　병원 건물은 이상하리만치 조용했다. 조용하다 못해 마치 누군가 소리를 꺼 버린 것처럼 적막했다. 깨어난 뒤로 처음으로 겁이 났다. 하지만 여러 날이 지나고 나서야 내가 겁낼 대상은 아무것도 남아 있지 않다는 사실을 알게 되었다. 며칠 동안은 막연하게 병원 안을 돌아다니며 내 현재 상황을 이해해 보려 노력했고 눈에 띄는 책들도 뒤적여 보았다.

그러던 어느 날, 열어 둔 창문으로 바람이 불어 들어왔다. 흙냄새가 났다. 문득, 이제는 밖으로 나가야겠다는 생각이 들었다. 나는 필요한 물건과 식량을 가득 챙겼다.

병원 밖 세상은 정말 텅 비어 있었다. 맑은 하늘빛 아래에는 비정상적으로 크게 자란 나무들과 짙푸른 식물들이 건물을 뒤덮었다. 크기나 너비가 너무 달라서 정말 비정상으로 보였다. 그러나 그렇게 보이는 이유를 나는 모른다. 그냥 보자마자 그런 느낌이 들었다.

"나무가 크네."

마치 정글 같기도 하고 초원 같기도 했다. 하지만 뭔가 이 두 단어와는 어울리지 않았다. 머릿속에서 어떤 단어가 계속 맴돌았다. "숲."

그렇다. 이곳은 숲처럼 보였다. 나는 숨을 아주 깊이 들이마셨다. 상쾌했다. 기분이 나쁘지 않았다. 그런데 내 심장은 문제가 있다고 의심될 정도로 끊임없이 두근거렸다. 아마도 둘 중 하나일 것이다. 심장에 문제가 있거나, 내가 이곳에 반했거나. 나는 눈앞에 있는 새로운 것들을 구경하느라 정신없이 바빴다.

"야……호!"

'야호'라는 말이 저절로 나왔다. 요란한 내 목소리에도 도시는 고요했다. 그저 외침이 메아리쳐서 내게 돌아올 뿐이었다. 어느 한구석에도 부스럭거리는 소리가 없었다. 두렵기도 했지만, 한편으로는 마음이 놓였다. 나는 가방을 단단히 메고 앞으로 걸어 나갔다. 어디로 가야 할지 몰라서 마음이 내키는 쪽으로 걸었고 주변이 어두워지면 눈에 띄는 집으로 들어갔다. 정말 어느 집이든지 전부 텅 비어 있었다. 나는 보통 한 집에서 하룻밤 정도 머물고 나왔다. 그리고 떠나기 전, 필요해 보이거나 흥미로운 물건을 가방에 넣었다. 내가 가장 먼저 챙기는 것은 항상 라이터였다. 다른 건 몰라도 불이 중요하다는 건 직감으로 알았다.

나는 이곳에 정확히 무슨 일이 있었는지 알고 싶었다. 그러면 나 혼자 남은 이유도, 내가 누구인지도 실마리를 찾을 수 있지 않을까 싶어서였다.

낮에는 주로 빈집에 있는 책을 찾아보며 나름대로 공부를 시도했다. 하지만 종이책을 찾는 것은 의외로 어려웠다. 책장을 발견해도 비어 있거나 전원 꺼진 책 모양의 전자기기만 있을 뿐이었다. 대부분의 집들이 모두 그랬다. 그래도 나는 종이책이든, 신문이든 보이는 대로 찾아 읽었다.

그리고 날이 어두워지면 바로 잠자리에 들었다. 무섭기보다는 컴컴해지면 할 일이 없기 때문이다. 물론 라이터로 초를 켜면 되는데 불을 보면 이상하게도 꺼림칙한 기분이

들었다. 그래서 꼭 필요한 경우가 아니면 웬만해선 불을 피우지 않았다.

빈집을 돌아다니며 생활하다 보니 공통점을 발견했다. 현관 앞에 있는 전원 꺼진 똑같은 형태의 로봇이었다. 덩치가 크고 이상하게 생긴 로봇은 마치 죽은 듯 잠들어 있었다. 머리는 타원형이고 눈 코 입이 있어야 할 자리는 네모난 컴퓨터 화면이 대신했다. 우람한 몸은 부드럽고 푹신한 가죽으로 덮여 있고 팔과 다리는 몸에 비해 아주 길었다. 나는 로봇을 볼 때마다 전원을 켜 보려 노력했다. 하지만 끝내 깨울 수 없었다. 아마도 전기가 필요한가 보다.

"전기는 어디 있지?"

가만히 서 있는 로봇에게 물었다. 물론 대답은 없었다.

빈 거리를 걷다 보면 사람이 살았던 다양한 흔적이 보였다. 그중 건물 구석에서 불쑥불쑥 나타나는 의미 없는 낙서와 그림이 있었다. 그런 낙서가 반갑기도 했지만, 한편으로는 조금 쓸쓸하기도 했다. 아마도 많은 사람들로 꽉 차 있어야 할 도시에 나 혼자 덩그러니 있어서인지도 모른다.

도시의 중심으로 들어갈수록 나무와 풀이 무성했다. 사람들이 도시를 건설할 때 나무 심을 곳을 정하지 않은 것 같았다. 병원 근처보다도 더욱 정돈되지 않았다. 건물 주변에 거대한 풀과 나무들이 이곳저곳에 불쑥불쑥 자라나 있었다. 마치 자신들이 이 땅의 원래 주인인 것처럼 말이다.

아무튼 도시의 경치와는 전혀 어울리지 않았다.

나는 여전히 이곳에 관한 최근 정보를 찾을 수 없었다. 인간들은 종이보다는 컴퓨터 같은 기계 장치에 정보를 저장한 것이 분명했다. 정말 원시적이다. 전원을 제대로 공급할 수 없으면 어떻게 기록을 보관하고 또 확인하려고 했는지. 하루가 다르게 궁금증은 계속해서 늘어났다. 인간이 쓰던 물건은 그대로 있는데 어째서, 인간만 이렇게 감쪽같이 사라진 걸까? 인간은 마치 증발해 버린 것 같았다.

"사실 나는 빈집에 들어갈 때마다 겁났어. 백골이라도 볼까 봐 무서웠거든."

빈집에서 마주친 로봇에게 또다시 말을 걸었다. 물론 대답은 없었다.

그렇게 또 여러 날이 지났다. 이제 가방에 남은 식량은 거의 바닥이 났다. 틈틈이 나무 열매를 따 먹거나 빈집에서 찾은 통조림 음식으로 두 달가량 버텼다. 하지만 앞으로 얼마나 더 이렇게 지낼 수 있을지 알 수 없었다. 이제부터는 하루에 한 번만 음식을 먹기로 했다.

길을 걷고 또 걸었다. 내가 아는 식물도 있고 완전히 처음 보는 식물도 있었다. 그러다 나는 너무 허기진 나머지 처음 보는 나무의 노란 열매를 따 먹었다. 그러고 잠시 정신을 잃었던 것 같다. 나는 흙바닥에 얼굴을 처박고 있다가 깨어났다. 천천히 몸을 일으켰다. 머리는 어지럽고 입 안에서는 흙 맛이 났다.

"퉤."

눈에 보인다고 아무거나 먹으면 안 된다는 걸 깨달았다. 내가 정신을 잃고 얼마의 시간이 지났는지는 모르겠다. 하늘이 어두워지고 태양빛에 가려졌던 별들이 모습을 드러냈다. 하늘 가득 반짝이는 별과, 별들의 무리까지 보였지만 어째서인지 별이 적다는 생각이 들었다. 언젠가 이보다 더 많은 별을 봤던 것 같았다. 그 생각도 잠시, 배고픔이 다시 밀려왔다.

이제 정말 식량이 떨어질 것이다. 나는 생각에 잠겨 하릴없이 돌멩이만 던지고 있었다. 그러다 채집보다는 식량을 직접 키워야겠다는 생각이 들었다. 머릿속에 언뜻 농사를 짓는 어떤 분홍색 그림이 눈앞을 스쳐 지나갔다. 아주 잠깐 떠올랐다 사라진 기억이었다. 하지만 안타깝게도 나는 식물을 키워 본 적은 없었던 것 같다. 전혀 기억나지 않았다. 농사를 짓기 위해서는 정보가 필요했다. 그런 걸 알 만한 곳이 어딜까 생각해 봤다. 이왕이면 내가 읽을 수 있는 종이책이 많은 곳으로 말이다. 그러니까 도서관 같은, '아, 도서관' 번쩍 떠오른 생각과 동시에 이마 위로 뭔가가 떨어졌다.

"뭐지?"

하늘에서 물방울이 떨어지기 시작했다. 물이 쉼 없이 떨어졌다. 이건 비였다. 나는 생전 처음 비를 맞는 사람처럼 그저 가만히 서 있었다. 나뭇잎과 빈 건물 위로 떨어지는 빗방울 소리가 적막한 도시를 잔잔한 소음으로 채웠다. 하늘에서 떨어지는 물방울이 살아 움직이는 것 같았다. 이상하게 외롭지 않았다. 등까지 축축이 젖고 나서야 눈에 띄는 집으로 들어갔다. 나는 집 안을 돌아다니며 새 옷을 찾아보았다. 그리고 파란 셔츠와 청바지로 갈아입었다. 사실 고를 것도 없었다. 옷장에 옷은 단 세 벌 걸려 있었다. 마지막으로 두툼한 겉옷까지 입으니 옷장이 텅 비었다.

나는 평소처럼 이 집도 열심히 구경했다. 그러다 지하실로 내려가는 길을 발견했다. 온몸은 본능적으로 비 오는 날 깜깜한 지하실로 들어가는 것을 반대했지만, 호기심이 자꾸만 내 발을 이끌었다. 병원에서 가져온 손전등을 들었다. 아직 건전지는 충분했다.

나는 지하실로 천천히 내려갔다. 계단을 밟을 때마다 삐걱거리는 소리가 들렸다. 두려움보다는 집이 깨어나는 느낌이 들었다. 마치 기지개를 켜듯 말이다. 지하실 문을 천천히 열었다. 지하실에는 별것 없었다. 큰 탁자가 하나 있었고 그 위에 잡동사니만 놓여 있을 뿐이었다. 나는 손전등으로 벽에 죽 늘어서 있는 책장을 비추었다. 역시나 텅 비어 있었다. 그러다 손전등 불빛이 탁자 위에 놓인 작은 쪽지를 얼핏 비추었다. 뭔가를 썼다가 지운 흔적이었다.

귀운 기언 기억? 발견 발견하길 발견해 주길

글씨는 삐뚤삐뚤했고 도통 무슨 말을 하고 싶은지 알아보기 어려웠지만 누군가 발견해 주길 원했던 것 같다. 나는 손전등을 들고 주변을 다시 살피다가 탁자 밑에 덮여 있는 천을 발견했다. 눈을 가늘게 떴다. 잡동사니가 쌓여 있는 것처럼 보였다. 나는 먼지가 내려앉은 천을 걷어 보았다. 로봇이었다. 좀 더 구체적으로 묘사한다면 개의 모습에 가까운 로봇이 웅크리고 있었다. 사실 이것이 개인지, 늑대인지 아니면 또 다른 동물인지 헷갈릴 수 있지만, 처음 보는 순간 개라는 느낌이 들었다. 그러나 털가죽은 하나도 없고 꼭 만들다 만 것처럼 보였다. 금속 몸체를 만든 직후 무슨 일이 있었던 게 분명하다. 재료가 모자랐거나, 아니면 주인이 어디론가 떠나야 했거나. 아무튼 로봇 개는 녹이 슬고 차갑고 딱딱했다. 그리고 다른 로봇이 그러하듯 멈춰 있었다.

"야."

갑작스럽게 울린 내 목소리에 나도 모르게 놀라서 어깨를 들썩였다. 그리고 정말 말도 안 되는 행동이지만, 나는 헛기침을 하며 목을 가다듬고 로봇 개를 깨워 보았다.

"야."

묵묵부답이었다. 그래도 나쁘지 않은 시도였다.

"전원은 어떻게 켜는 거지?"

항상 우람한 로봇만 보다가 새로운 로봇을 발견하니 신기해서 여러 가지 시도를 해 보았다. 혹시라도 다른 로봇과 달리 이 로봇은 전원이 켜지지 않을까 하는 희망으로 말이다. 하지만 어디를 봐도 누르는 버튼 같은 건 찾을 수 없었다. 나는 로봇의 머리에 손전등을 비추며 큰 소리로 중얼거렸다.

"넌 어떻게 켜니? 응?"

역시나 묵묵부답이었다.

"야, 눈을 떠!"

나는 이렇게 하면 눈이 부실까, 하는 생각으로 로봇의 눈에 손전등을 가져다 댔다. 그때였다. 로봇 개가 눈을 떴다. 나는 너무 놀란 나머지 바닥에 주저앉았다. 진한 파란 눈이 손전등 빛에 반짝였다. 빛으로 움직이는 로봇이었던 걸까? 세상에 이런 로봇이 다 있다니. 정말 똑똑한 사람이 만들었나 보다. 순간 입구에 있는 로봇이 떠올랐다.

"위로 올라가자."

어느새 몸을 일으킨 로봇이 갸웃거리며 나를 뚫어져라 쳐다보았다. 개의 모습을 닮았지만, 자세히 보면 그냥 큰 금속덩어리 같았다. 그래도 나름대로 귀여웠다.

"가자!"

내 손짓에 로봇 개는 긴 꼬리를 흔들며 움직였다. 나는 서둘러 1층으로 뛰어 올라갔다. 쿠당탕하는 소리와 함께 로봇 개가 내 뒤를 쫓아왔다. 그리고 현관에 있는 로봇에도 손전등 빛을 비춰 보았다. 얼마의 시간이 지났는지 모르겠다. 아무리 기다려도 로봇은 깨어나지 않았다.

"킹킹."

로봇 개가 내 다리를 앞발로 두드렸다. 내려다보니 고개를 가로로 흔들고 있었다.

"넌 특별한 로봇이구나."

이 로봇 개를 무척이나 아꼈던 주인은 먼 미래에 누군가가 자신의 로봇을 다시 깨워 주길 바랐던 걸까? 문득 이런 생각이 들었다.

"야. 음, 너 이름이 뭐야?"

왠지 로봇 개한테는 '야'라고 부르면 안 될 것 같았다.

"킹킹."

"뭐?"

"킹킹."

로봇 개는 금속 앞발로 자신의 주둥이를 가리켰다.

"너 고장 났구나?"

딱하게도 로봇 개는 주인을 기다리며 잠들어 있는 동안 어딘가 망가진 게 분명했다.

"나랑 같이 갈래?"

로봇 개가 내 얼굴을 한참 쳐다보더니 진한 파란색 눈을 깜박였다. 나는 이것을 동의의 뜻으로 받아들였다. 그리고 로봇 개의 이름을 '빙고'라고 지었다. 왠지 옆집 사는 개의 이름이 빙고였으면 좋겠다는 생각이 들었기 때문이다.

"널 옆집에서 발견하진 않았지만……. 빙고야, 앞으로 잘 지내자."

날이 밝은 후 떠나기 전에 빙고는 집 안을 구석구석 뛰어다니며 무언가를 찾는 듯 킁킁댔다. 내가 입은 옷에까지 코를 박았지만 못 찾은 것 같았다. 그러다가 빙고는 나를 따라 집을 나왔고 우리는 함께 길을 떠났다. 이제는 외롭지 않았다.

이 도시에는 큰 건물만 있다고 생각했는데, 자세히 보니 거대한 식물에 덮여 잘 보이지 않았을 뿐 가게로 보이는 다양한 건물이 제법 많았다. 나는 문 앞에 큰 망치 그림이 붙어 있는 가게에 들어갔다. 물건을 여러 개 챙겼는데 그중 갈퀴라고 적힌 물건이 제일 마음에 들었다. 농사를 지을 때 필요할 것 같았다.

"맞다, 빙고야 혹시 도서관 찾을 수 있어? 최소한 비슷한 곳이라도?"

"킹킹킹!"

나의 새로운 동행, 빙고는 정말 끝내줬다. 반나절 만에 도서관을 찾아냈다. 고장 났어도 역시 로봇이었다. 도서관 건물 안에는 전원이 꺼진 로봇과 컴퓨터 같은 전자기기가 많았다. 지하로 내려가 보니 두꺼운 철문 뒤에 종이책 서가가 있었다. 이날부터 나는 도서관에서 시간을 보내며 농사 짓는 법을 찾아 읽었다.

도서관에 처음 도착하던 날 앞마당에 씨앗 하나를 심었다. 흙을 꾹꾹 누르니 가슴이 벅차게 두근거렸다. 이 씨앗은 병원을 떠나던 날 처음 본 열매의 씨앗으로 책에서 찾아보니 '복숭아'였다. 복숭아는 달고 과즙이 가득하며 무엇보다 독이 없었다. 그래서 이 열매를 잊지 않으려고 씨앗을 버리지 않았다. 병원을 떠나 도서관까지 오는 내내 씨앗은 내 주머니에 있었다. 그러다 노란 열매를 먹고 기절한 뒤로 이 씨앗을 심어야겠다고 생각했다. 그리고 왠지 도서관 앞마당이 마음에 들었다.

나와 빙고는 도서관 근처에 터를 잡고 살면서 주변의 다양한 식물을 채집하며 작은 밭도 일궜다. 게다가 나름 달력도 만들고 규칙적으로 생활했다. 뒤뜰에도 다양한 식물과 호박씨를 심었다. 날이 쌀쌀해지면 호박이 노랗게 무르익을 것이다. 울긋불긋한 나뭇잎의 계절을 책에서는 가을이라고 불렀다.

"가을."

혀끝에서 부드럽게 맴도는 단어였다.

"서리가 내리기 전에 호박을 수확해야 해."

"킹킹!"

"빙고야 나 좀 봐 봐. 얼굴도 많이 타고, 이제는 몸도 튼튼해 보이지?"

빙고는 킹킹거리며 모자를 물고 왔다. 그리고 내가 모자를 제대로 쓸 때까지 옆에서 킹킹거렸다. 나는 모자를 푹 눌러썼다. 의외로 잔소리가 많은 로봇이다.

빙고는 자신의 이름에 익숙해진 듯하다. 이제는 "빙고야!" 하고 부르면 주저 없이 날 향해 뛰어온다. 빙고가 부러웠다. 차라리 누가 나한테 새 이름이라도 지어 주면 좋겠다. 하지만 빙고는 말도 못 할뿐더러 낼 수 있는 소리라곤 킹킹밖에 없다.

"그런데 만약 이름을 지어 준다고 해도 반갑지 않을 것 같기도 해."

"키잉?"

나는 나를 알고 싶다. 그리고 이곳에 왜 혼자 떨어져 있는지, 아니면 누군가 날 잃어버린 것인지, 아니면……. 이런 생각은 정말 하고 싶지 않지만. 버려진 건지.

"빙고야, 내 이름은 뭘까. 내 기억은 어디 있을까?"

시간이 지나면 자연스럽게 생각나겠지 싶어 애써 외면해 왔는데, 나에 대한 기억은 여전히 돌아오지 않았다. 내 이름을 불러 줄 사람은 없지만 그래도 나는 알고 싶다. 가끔 별들 속에서 누군가 날 부르는 소리가 들린다. 하지만 내 이름은 들리지 않는다. 빙고를 만난 뒤부터 나는 같은 꿈을 자주 꾼다. 내가 혼자가 아니라는 게 나의 또 다른 기억을 깨운 걸까.

그것은 춤추는 붉은 화염 속에 있는 검은 개가 나오는 꿈이었다. 그리고 그 꿈을 꿀 때마다 누군가 나를 꽁꽁 묶는 불쾌한 느낌이 들며, 눈앞에는 항상 같은 속도로 추락하는 거대한 볼펜이 있다. 정말 이상한 꿈이다.

오늘은 북쪽으로 모험을 떠날 생각이다. 가방에는 잘 익은 밤과 나무도감을 넣었다. 그리고 내 옆에는 빙고가 함께한다. 길게 자란 갈색 풀을 헤치며 얼마나 걸었는지 모르겠다. 바람이 불자 붉은 단풍이 물든 숲에서 어떤 냄새가 풍겨 왔다.

"무슨 냄새지?"

숲으로 들어가 코를 킁킁 대며 걸었다. 처음 보는 나무에서 나는 냄새였다. 나는 바로 나무도감을 뒤적였다.

"잎에서 향이 나는 나무는 별로 없는데……. 그러니까 이 나무는 바로 계수나무야. 와, 단풍이 들면 좋은 향이 난대. 달콤한 향이라는데, 어? 빙고야?"

빙고는 나무 사이로 사라졌다. 조용한 숲에는 낙엽 쌓이는 소리가 들려왔다. 다시 바람이 내 이마를 스쳤고 코끝에도 스쳤다. 나는 고개를 들고 숨을 깊게 들이마셨다.

"정말로 달콤한 향이 난다."

나는 코를 계속 킁킁거렸다. 어디서 맡아 본 냄새였다.

"과일인가? 사탕수수?"

분명 아는 냄새였다.

"……솜사탕."

솜사탕 냄새였다. 이건 누군가에게 나던 무척 그리운 냄새였다. 절대 잊을 수 없는 냄새.

"지체하면 안 돼."

갑자기 누군가의 목소리가 뒤에서 들려왔다. 고개를 돌리니 멀리, 어딘가 아주 멀고 아득한 어두운 터널 끝에서 들리는 것 같이 머릿속에서 울려 퍼졌다. 낯익은 얼굴이 보였다. 기억 속 어스름이 거치면서 어떤 사람과 검은 개가 걷고 있는 모습이 선명해졌다.

◊

오늘은 기온의 열일곱 번째 생일이다.

"하지만 아무 일도 일어나지 않았다. 기온의 소원과는 다르게."

기온의 옆에 있던 로봇 개 에피가 우울한 영화의 내레이션을 흉내 냈다.

"시끄러워. 네 마음대로 나한테 이상한 내레이션 깔지 마."

기온은 우주선 복도를 달리듯 빠르게 걸으며 말했다. 검은색 긴 털을 가진 에피는 사냥개의 모습을 한 로봇으로 기온이 11년 전 생일 선물로 받았던 그 모습 그대로였다. 오히려 변한 쪽은 기온이다. 처음 만났을 때 에피와 기온의 키는 똑같았지만, 어느새 기온은 키가 훌쩍 자라서 이제 에피보다도 컸다.

"꼭! 정착 행성을 찾게 해 주세요! 후."

작년 생일에도 기온은 커다란 보라색 케이크 앞에 이렇게 소원을 빌었다. 기온은 고개를 흔들어 떠오르는 기억을 털어 냈다. 앞서 걸어가는 에피는 꼬리를 흔들며 계속 떠들었다.

"기온이 너는 항상 정착 행성을 찾게 해 달라고 소원을 빌잖아? 그전 생일 때도, 또 전전 생일 때도, 그리고 큰 별똥별을 봤을 때도, 그리고 또⋯⋯."

"너 기억력 참 좋다."

기온이 에피의 말을 끊었다. 이대로 두면 한도 끝도 없을 것이다. 에피의 말대로 기온의 소원은 항상 같았다. 지루하고 딱딱한 이 우주선을 벗어나 하루빨리 정착 행성에 도착하는 것. 우주선의 수많은 인류가 제2의 지구를 찾는 것이었다.

"하지만 인간들의 새로운 행성은 여전히 어느 은하계에서도 찾을 수 없었다. 따다다단⋯⋯."

"그만해. 난 아무렇지도 않아."

"하지만 네 얼굴엔 우울하다고 쓰여 있어. 일기장에도 그렇고."

"뭐? 에피! 너는 도대체 사생활이라는 것이 없냐? 내 일기장은 왜 매번 훔쳐보는 거야?"

화를 꾹꾹 눌러 참았던 기온은 결국 폭발했다.

"그건 나도 몰라. 난 그냥 개잖아. 내가 무슨 생각이 있겠니?"

"넌 전혀 개답지 않아. 그리고 로봇이고."

기온은 팔짱을 끼며 에피를 노려보았다.

"너야말로 진짜 개를 본 적은 있고?"

기온이 대답하려 했지만 에피가 먼저 선수 쳤다.

"단! 영상에서 본 것 말고."

에피가 이렇게 따지면 기온은 할 말이 없었다. 우주선에서 사는 동안 영상 책에서 나오는 홀로그램으로 본 것 말고는 단 한 번도 살아 있는 동물은 본 적이 없었다. 들리는 말로 동물들은 우주선 지하 깊숙한 곳에 잠들어 있다고 했다. 인간의 정착 행성을 기다리면서 말이다. 하지만 과연 동물들이 긴 동면에 드는 걸 원했을까. 동물들은 지구와 운명을 함께하기를 바랐을지도 모른다. 인간들은 늘 자기 편의대로 생각한다. 그래서 과거 인류 때문에 그 후손인 기온이 이렇게 우주를 떠돌며 살게 된 것이다.

기온은 우주선에서 태어났다. 인류의 고향인 지구는 고갈되는 자원과 망가진 환경으로 생명이 꺼져 갔다. 인간들은 복구하려고 애쓰기보다는 지구를 떠나기로 결정했다. 그들은 아주 큰 유인 우주선을 여러 개 만들었다. 그리고 각 우주선은 다른 은하로 떠나면서 약속했다. 인간이 살 수 있는 행성을 발견하면 신호를 주기로.

그렇게 인류는 우주로 탐험을 시작했다. 하지만 지금은 긴 세월이 흘러 난민이 되었다. 기온의 부모님도 우주선에서 태어났다. 새로운 우주 세대를 맞이한 셈이었다.

"에휴."

최근 들어 기온은 자신의 미래가 전혀 그려지지 않았다. 특히 우주선에서 일하며 살아가는 것들이 말이다.

"산소 아까운 줄 모르고, 한숨 좀 적당히 쉬어. 그리고 이제 도서관에 가지 마!"

에피가 기온의 손을 살짝 깨물었다. 현재 기온은 걸려 본 적도 없는 향수병을 앓고 있다. 에피가 보기에는 향수병이 아니라 상사병에 더 가까웠지만. 기온은 도서관에서 지구에 관한 영상과 낡은 종이책을 본 뒤로 땅이란 것을 지독하게 열망해 왔다.

"우주선은 지긋지긋해. 난 땅에서 살고 싶어. 딱 일 년만이라도……."

자신의 방으로 돌아온 기온이 침대에 털썩 누웠다.

"그게 안 된다면 한 달 아니, 딱 반달을 살아도 난 땅에서 살고 싶어."

"흙은 여기에도 있잖아."

에피가 긴 주둥이로 화분을 가리켰다.

"이런 거 말고. 흙이 모인 진짜 땅."

에피는 기온의 한숨과도 같은 대답을 들으며 고개를 절레절레 저었고 자신의 자리에 길게 누웠다. 그리고 잊지 않고 한마디 덧붙였다.

"그리고 한 달의 반은 대부분 보름이라고 말해. 반달이 아니라."

"어떻게 말하든 무슨 상관이야."

기온은 에피의 말에 심드렁하게 대꾸했다. 그러다 어제 영상 책에서 본 것을 떠올렸다.

"아! 그리고 지구의 나무는 흙에서 자라는데 우리 우주선처럼 항상 나뭇잎이 있는 게 아니래. 문득 어느 계절이 오면, 아, 그 계절을 뭐라고 했더라? 아무튼 나뭇잎이 떨어진대. 몽땅, 전부! 그렇게 흙은 다시 비옥해지는 거야. 그럼 지구의 농부들은 나뭇잎을 모았겠지? 퇴비로 써야 하니까. 어때? 진짜 신기하지?"

기온이 꿈꾸는 듯한 표정을 하고 자신이 가진 유일한 화분으로 시선을 옮겼다. 하지만 화분을 보는 건 아니었다. 화분 너머 무언가를 보는 것 같았다.

"그렇게 시도 때도 없이 도서관에 가더니, 네가 이렇게 지구에 빠질 줄은 몰랐어. 그리고 그 계절은 '가을'이라고 하는 거야!"

"가을."

기온은 조용히 공상에 빠졌다. 도서관 영상 책에서 보았던 장면이 다시 머릿속에서 생각났다.

"가……을."

기온은 에피가 가르쳐 준 단어를 음미하듯 입 안에서 굴렸다. 갖가지 색으로 물든 잎들이 한 장, 한 장 서로 다른 속도로 끝없이 땅으로 떨어지던 영상이 떠올랐다.

"나는 여기가 싫어."

기온은 들고 있던 볼펜 두 개를 아무렇게나 던졌다. 볼펜들은 서로 같은 무게임에도 불구하고 인공 중력에서 유난히 느리게, 천천히 그것도 다른 속도로 떨어졌다. 우주선 안의 인공 중력은 가끔 그랬다.

"이런 가짜 중력도 싫어."

어느새 오후 2시가 넘었다. 우주선은 지구에서 쓰던 시간을 그대로 썼다. 게다가 우주선 가운데에는 태양을 닮은 커다란 구조물을 만들어 시간의 흐름에 따라 빛을 조절했다. 인간은 뭐든 뚝딱뚝딱 잘도 만들었다.

기온은 오늘도 도서관에서 지구에 관한 종이책을 읽다가 돌아왔다. 누구든 자신의 전자기기로 언제든 책과 정보를 찾아볼 수 있지만, 지구에 관한 정보와 종이책은 도서관에서만 볼 수 있었기 때문이다. 그때 누군가 방문을 두드렸다. 에피가 꼬리를 흔들며 잽싸게 문을 열었다. 기온의 엄마였다.

"기온아."

"엄마, 오늘 쉬는 날 아니었어요?"

기술부에서 일하는 엄마는 기온의 생일을 맞아 온 가족이 함께 저녁 식사를 하기 위해 오늘 휴가를 냈다. 바닥이 투명해 어디서든 별이 보이는 식당에서 말이다. 그런데 기온 엄마는 평상복이 아니라, 하얀색 우주복을 입고 있었다.

"기온아, 오늘 저녁은 같이 못 먹을 것 같아. 아빠랑 할머니도 긴급회의에 소집되어서 늦으실 거야. 엄마도 갑자기 우주선 수리 작업이 생겼지 뭐야. 미안해서 어쩌지?"

엄마는 무척 미안한 얼굴이었다.

"전 괜찮아요. 별은 여기에서도 볼 수 있잖아요."

기온은 우주선 바깥을 보여 주는, 벽에 걸린 영상 장치를 가리켰다. 캄캄한 우주 공간 속 별들은 선명하게 반짝이며 소용돌이치듯 화려하게 빛을 내고 있었다.

"너 괜찮니? 친구들도 잘 안 만나고 도서관만 다니고. 안 그래도 요즘 네 기분이 저기압이라 오늘은 꼭 다 같이 외식하고 싶었는데……."

엄마가 걱정스러운 목소리로 기온을 살폈다. 에피가 냉

큰 대답했다.

"기온이는 괜찮을 거예요. 원래 우주선 기온이 낮긴 하잖아요."

"어머!"

에피의 우스갯소리에 엄마와 에피는 신나게 웃었다.

"하, 하. 정말 웃기다."

기온은 전혀 재미없다는 얼굴로 몸을 일으켜 책상 앞으로 걸어갔다. 책상에는 갈퀴를 들고 땅에서 당근 농사를 짓는 분홍 토끼 그림이 있었다.

기온은 엄마에게 조종사가 꿈이라고 말했지만 사실 진짜 꿈은 농부였다. 안타깝게도 우주선에 있는 대부분의 식물은 자동으로 수확했고 심지어 흙 없이 재배했다. 그리고 몇 년 전 어떤 과학 장교는 실험실에서 식물의 생장 속도를 조작한 변형 씨앗을 개발했다. 그 씨앗은 땅에 심는 즉시 순식간에 싹을 틔워 엄청난 속도로 자랐다. 이러니 농부라는 직업은 혼자 마음속으로만 간직한 꿈이 되었다.

"안 되겠다. 생일날 혼자 둘 순 없지. 오늘은 엄마랑 기술부에 같이 가자! 조종사 꿈을 키우려면 우주선에 대해 자세히 알아야 하니까."

기온은 에피의 재촉으로 억지로 자리에서 일어났다. 에피와 엄마는 쿵짝이 잘 맞았다. 에피가 만들어진 목적이 기온을 가르치고 돌보기 위함인 것처럼 엄마 또한 그렇기 때문이다.

다음 날 기온은 도서관에 들렀다. 기온은 사각거리며 넘어가는 종이책을 볼 때면 지구와 조금이라도 가까워진 기분이 들었다. 도서관이 마감할 때까지 앉아 있던 기온은 에피의 동력을 충전한답시고 인공 태양 광장으로 갔다. 에피 같은 로봇은 눈 안의 파란 렌즈에 빛을 잠시 비추기만 해도 동력을 얻었다. 기온은 충전할 필요가 없으면서 괜히 인공 태양빛을 쐬었다. 에피가 옆에서 투덜거렸다.

"이제 그만 가자. 내 에너지는 충분해."

"얘한테도 빛을 주는 거야. 이 노란 자두는 왜 이렇게 맛이 없을까?"

기온은 인공 태양 쪽으로 과일 쥔 손을 들어 올렸다.

"진짜 태양빛이 없어서 그런가 봐, 도통 단맛을 찾을 수가 없어."

"이번엔 음식이 불만이야? 그리고 그건 토마토야."

에피가 한숨을 푹 쉬며 말했다.

"삑…… 삑…… 삑…… 삑!"

갑자기 기온의 주변에 있던 모든 승무원들의 통신기기들이 한꺼번에 울리기 시작했다. 그들은 거의 동시에 메시지를 보고 있었다. 그런데 몇 분도 지나지 않아 소집 경보까지 요란하게 울렸다. 승무원들은 자신들의 본 위치로 긴

급 소집되었다.

"냄새가 나. 두려움의 냄새야."

소란한 분위기에 에피가 코를 킁킁거렸다. 그리고 주위를 둘러보며 고개를 갸웃거렸다.

"엄청난 아드레날린이야."

그날 이후로 우주선 분위기가 이상했다. 복도에서는 사람들이 모여 쑥덕거리는 일이 자주 보였고 안전집행부 사람들은 그들을 해산시켰다. 기온은 엄마와 아빠, 할머니의 경고로 인공 태양 광장에는 한 발자국도 갈 수 없었다. 그곳에서는 매번 웅성거리는 소음만 들려올 뿐이었다.

"도대체 무슨 일일까?"

기온은 광장 주변을 지나갈 때마다 항상 머리를 쭉 빼고 두리번거렸다. 하지만 에피는 광장 쪽으로는 고개도 돌리지 못하게 했다. 기온은 그저 발만 질질 끌며 밖에 있는 시간을 최대한 늘릴 뿐이었다. 그때 광장 사람들이 반대편으로 몰려가는 것이 눈에 띄었다.

"에피야, 우리 저쪽으로 한번 가 볼래?"

사람들이 간 곳은 원래 식료품을 배분하는 구역이었다. 그런데 막상 가 보니 오늘은 텅 비어 있었다. 그때 어떤 사람이 플라스틱 상자를 높게 쌓아 만든 단상에 올라섰다. 그리고 그의 주변에 모여든 사람들을 향해 목소리를 높이며 말했다.

"모두 거짓말을 하고 있습니다!"

들고 있는 사람들은 열심히 고개를 끄덕이거나 함께 소리치며 발을 굴렀다. 에피가 기온의 다리를 주둥이로 밀었다.

"기온아, 이제 그만 돌아가자. 넌 수업이 끝나면 바로 집에 돌아가야 해."

"하지만 너무 궁금하단 말이야. 너도 실은 무지 궁금하지 않아?"

"알겠어. 그럼 잠깐만 가 보자."

에피는 기온의 얼굴을 보고 또 사람들을 번갈아 보았다. 그러고는 코를 들어 냄새를 쿵쿵 맡았다. 기온과 에피가 가까이 다가가자 어떤 남자가 얇은 플라스틱 카드로 만든 전단을 건넸다. 기온은 얼결에 전단을 받아 들었다. 거기에는 빨간 글씨로 아주 크게 '또 거짓말! 우리 선생님을 살려 주세요'라고 적혀 있었다. 플라스틱 상자 위에 서 있던 사람이 한 번 더 소리쳤다.

"잘 들어 주십시오. 이 우주선에는 미래가 없습니다. 그저 우주 안을 떠돌 뿐 우리는 모두 죽어 가는 중입니다!"

기온은 인상을 찌푸리며 전단을 꼼꼼히 읽었다. 에피도 볼 수 있게 아래로 조금 내렸다.

모두 거짓말을 하고 있습니다! 우주선은 오직 죽음을 향해 가고 있을 뿐입니다. 이 넓은 우주에서 인간이 정착할 행성은 발견하기 어렵다는 결론이 나왔습니다. 그리고 그 결론은 이미 50년 전에 나온 것입니다. 하지만 최고결정위원회와 함장은 계속해서 사람들을 속이고 있습니다! 기밀문서를 빼낸 저희 선생님께서 수면 감옥으로 잡혀가신 지 벌써 20일이 지났습니다. 모두가 힘을 합쳐야 합니다!

기온은 에피와 눈이 마주쳤다. 에피는 갑자기 거칠게 기온을 잡아끌었고 주둥이로 세게 밀었다. 아까와는 다르게 더 빨리 기온을 무리에서 떨어뜨렸다.

"기온아 일단 돌아가자. 여긴 좀 위험해."

"왜 그래?"

"노르아드레날린……. 사람들이 분노하고 있어."

기온은 손에 들고 있던 전단을 옷 안쪽에 슬쩍 숨겼다. 그리고 집으로 돌아와 읽고 또 읽었다.

며칠이 지났다. 이제 우주선 분위기는 이상하다 못해 흉흉해지기까지 했다. 엄마와 할머니는 매일같이 최고결정위원회에서 회의를 하느라 늦었고 아빠도 우주선을 수색하느라 바빴다. 학교는 결국 폐쇄되었고 기온은 방에서만 지냈다. 기온은 친구들에게 연락을 하면서 지금 일어나는 일을 이해해 보려고 했지만, 어느 날부턴가 친구들과도 아예 연락을 할 수 없게 되었다. 컴퓨터 화면에는 '통신 오류'라는

문구만 위아래로 떠다녔다. 에피가 기온의 저녁을 가지고
왔다. 오늘도 채소 통조림이었다.

"무슨 일인지 좀 알아봤어?"

"잘은 모르겠지만 사람들에게서 분노보다 더 강한 것이
느껴졌어."

"그게 뭔데?"

기온이 조용히 물으며 에피의 머리를 쓰다듬어 주었다.
에피가 조금 떨고 있었다.

"그들은 슬퍼하고 있었어. 그런 절망적인 슬픔은 처음이
야."

이제는 광장에서 싸우는 소리와 물건이 깨지는 소리가
들려오기 시작했다. 다른 은하에 있는 우주선에서도 큰 폭
동이 일어났다는 소식도 들렸다. 그러자 기온 아빠와 할머
니는 다시 소집 통보를 받았고 며칠째 집에 돌아오지 않았
다. 요란한 폭발 소리만 점점 커졌다.

"기온아!"

기온 엄마가 방문을 두드리는 동시에 황급히 들어왔다.

"무슨 일이에요?"

엄마는 말이 없었다. 불안한 마음에 기온은 급히 일어났
다. 하지만 바닥에 발이 닿기도 전에 몸이 붕 뜨는 느낌이
들었다. 인공 중력에 문제가 생긴 것 같았다. 에피도 기온
의 곁으로 경중경중 뛰어왔다.

"엄마, 아빠랑 할머니는 언제 오세요?"

"기온아 중요한 물건만 챙겨. 대피소로 가야 해!"

"왜요?"

엄마는 이미 책상 위에 흩어진 물건들을 기온의 가방에 넣었다. 그러고 나서 기온에게 팔찌를 주며 말했다.

"자, 이거 손목에 차야 해."

엄마는 설명도 없이 가만히 있는 기온의 손목에 급히 팔찌를 둘러 주었다. 팔찌에 적힌 기온의 이름이 하얀색으로 빛났다. 이름 옆에는 '긴급 대피 순위-①'이라고 적혀 있었다. 기온은 얼른 엄마의 옷소매를 걷어 보았다. 엄마도 팔찌를 차고 있지만 기온의 것과는 달랐다. 빨간색으로 빛을 발하는 엄마의 팔찌에는 '최종기술부'라고만 적혀 있었다.

"이게, 뭐예요?"

기온의 목소리가 떨렸다.

"엄마는 아직 못 가. 네 팔찌로 에피는 함께 갈 수 있어. 로봇이니까. 에피가 널 돌봐 줄 거야."

"왜, 왜요?"

"엄마는 기술부잖아. 지금 우리 함선에 문제가 생겼어. 대피소가 제대로 작동하려면 최종기술부는 남아서 수리해야 해. 민간인들이 대피할 때까지."

엄마는 차분하면서도 무척 단호하게 말했다.

"그럼 아빠는요?"

"아빠도 엄마처럼 자신의 자리를 지키는 거야. 우주선의 첫 번째 규칙 알지?"

학교에 들어가서 가장 먼저 배우는 것은 우주선의 규칙이었다. 그리고 절대 잊으면 안 되는 첫 번째 규칙은 '모든 승무원은 자신의 자리를 지킨다'였다.

"할머니도 부함장이라, 함교를 떠나실 수 없고."

기온이 물어보기도 전에 엄마가 먼저 말했다. 기온은 밀려드는 두려움에 숨을 쉬기 어려웠다. 두려움이 가슴을 채울수록 호흡은 자꾸 느려졌고 목에 무언가 콱 걸린 것처럼 답답했다.

"나는……."

"너도 네 자리를 지켜야지. 원칙대로 너는 긴급 대피 대상자고 우리의 미래야."

때마침 집 밖에서 더욱 큰 꽝음이 들렸다. 엄마는 에피에게 무슨 말을 했다. 하지만 기온의 귀에는 아무것도 들리지 않았다. 비명 소리가 점점 가까워졌다.

"어서 가. 지체하면 안 돼."

"다시 만날 수 있죠?"

기온 엄마는 하얀색 우주복 위에 기술부의 붉은색 조끼를 입고 있었다. 기온은 엄마의 옷자락을 놓을 수 없었다. 그때 연기 냄새가 나기 시작했다.

"엄마, 우리 다시 만날 수 있는 거 맞죠?"

엄마가 기온을 꽉 끌어안았다. 코끝에는 엄마의 냄새가 맴돌았다. 솜사탕같이 달콤한 엄마의 향이었다.

"먼저 가서 기다려. 알았지? 지체하면 안 돼."

'지체하면 안 돼.'

엄마의 목소리가 귀에 울렸다.

우주선에서는 결국 큰 폭동이 일어났다. 정착 행성에 대한 의심과 소문은 전염병처럼 번졌고 다른 우주선에서도 폭동이 일어났다는 소식이 계속해서 날아들었다. 자신의 운명이 우주선 안에서 끝나게 된다는 것을 알게 된 어른들은 결국 폭발했고 몇몇은 행동했다. 기온 아빠가 있는 안전집행부는 절망과 분노로 무장한 어른들과 부딪혔고 이들을 진압하는 과정에서 우주선 곳곳이 화염에 휩싸였다. 불길을 잡기 위해 지상의 산소가 차단되었다. 그러자 지하 대피소로 가는 이동 캡슐의 전원까지 문제가 생겼다.

"비상계단으로 가야 해. 가자 기온아."

에피가 비상계단을 가리켰다. 하지만 얼마 못 가 대피소 방향을 알려 주는 하얀색 화살표도 전원이 꺼졌다.

"여기는 어디야?"

결국 에피와 기온은 길을 잃었고 지하 격납고로 몸을 피했다. 우주선 내에 이렇게 커다란 공간은 처음 보았다. 적막이 흐르는 이곳과는 달리 위에서 무언가 폭발하는 소리와 사람들의 비명이 계속됐다.

"모두, 괜찮을까?"

기온의 목소리는 여전히 떨렸다. 그리고 혼자 대피한 것에 대한 죄책감이 밀려들었다.

"그분들은 최선을 다하고 있어. 우주선에는 규칙과 순서가 있으니까. 그분들은 원칙대로 하는 거고 나이가 어린 순서대로 대피하는 거야. 모두를 구하려는 거야. 네 다음을 구하려고."

에피는 떠나기 전 기온 엄마가 해 준 부드럽고 단호한 말을 되뇌었다.

"친구들은 잘 대피했겠지?"

기온의 몸이 자꾸 떨려 왔다. 에피는 겁먹은 기온에게 더욱 바짝 붙어 걸었다.

"무서워하지 마. 내가 널 지켜 줄게. 그게 내가 존재하는 첫 번째 이유잖아."

"불이 여기까지 번지면 어떡해? 무서워."

"불을 두려워하지 마. 불은 원래 생존의 필수였어. 원시 인류가 살아남을 수 있었던 이유도, 진화가 가능했던 이유도 불을 도구화했기 때문이야. 고대에는 불로 에너지를 생산했고 박테리아나 세균뿐만 아니라 식재료의 독부터 기생충까지 박멸했지. 생존에 꼭 필요해. 수업 시간에 배우지 않았어?"

"현재 그 불이 우리를 가장 위협하고 있잖아. 그런데 너

지금 날 가르칠 때야?"

"그게 내가 존재하는 두 번째 이유지."

에피가 분위기를 가볍게 하려 했다는 걸 기온도 알고 있었다. 하지만 불은 아래로 계속 번지고 있어 대꾸할 수 없었다. 에피와 기온은 매캐한 연기를 맡으며 불길을 피해 격납고 안쪽으로 계속 달렸다. 기온은 점점 정신을 잃어 갔고 길길이 날뛰는 화염 속에서 에피는 안전한 장소를 찾기 위해 두리번거렸다. 자신의 겉가죽이 불에 타는 것도, 자신의 금속 몸체가 불에 뭉개지는 것도 몰랐다.

"기온아, 정신 차려!"

기온은 에피의 목소리를 어렴풋이 들었다. 에피는 불길을 피해 씨앗 폭탄을 보관하는 화물선 포트 안으로 기온을 옮겼다. 입구와 가장 멀리 떨어져 있는 01번 화물 포트는 기온과 에피가 간신히 들어갈 정도로 작았다. 이 화물 포트에는 동면 캡슐과 씨앗 폭탄이 실려 있었다. 식물 생장 실험 이후 인간들은 수십만 종의 씨앗을 폭탄으로 만들었고 그렇게 만들어진 씨앗 폭탄은 땅에 닿는 순간 폭발적으로 성장할 수 있게 개조했다. 본래 목적은 정착 행성을 발견하는 즉시 포트를 그곳으로 이동시켜 공중에서 씨앗 폭탄을 발사하는 것이었다. 하지만 많은 포트들이 있는 지하 격납고까지 불이 번지면서 문제가 발생했다. 격납고의 온도는 씨앗 폭탄을 정상적으로 유지하기 어려울 정도로 점점 높아졌다. 결국 많은 포트들이 씨앗 폭탄을 보호하기 위해 자동으로 발사되었다. 그 순간 기온은 완전히 정신을 잃고 말았다.

"기온아!"

발사된 포트는 입력된 단 하나의 좌표로 빛보다 빠르게 출발했다. 그 좌표는 모든 우주선에도 공통으로 입력된 유일한 항로였다. 이 항로의 끝엔 인류의 길고 긴 여행의 시작점이자 우주선이 처음 발사되었던 지구가 있었다. 에피는 포트의 빠른 속도에서 기온의 신체를 보호하기 위해 서둘러 동면 캡슐로 기온을 옮겼다.

"이제 안전할 거야."

한숨 돌린 에피는 잠든 기온을 계속해서 지켜보며 시스템에 이상이 없는지 살폈다. 그렇게 꽤 오랜 시간이 흘렀고 에피의 시스템은 서서히 망가져 가기 시작했다.

지구에 도착한 포트는 대기권을 통과한 직후 씨앗 폭탄을 자동으로 발사했다. 이때 기온의 동면 캡슐에도 문제가 생겼다. 에피는 착륙 후 의료 장비가 있는 곳을 서둘러 찾아야 했다. 기온이 깨어나지 못했기 때문이다.

"기온아, 살아야 해."

에피의 저장 장치에도 문제가 생기기 시작했다. 그러나 단 한 가지 기억만은 간신히 붙잡고 있었다. 자신은 점점 망가지면서도 남아 있는 힘을 끌어 모아 병원을 찾아냈다.

그리고 구식 의료 장비들을 작동시키기 위해 모자란 부품은 자신의 것을 이용했다.

"기온아, 조금만 기다려."

에피는 자동 회복실 침대에 누워 있는 기온을 올려다보았다. 그리고 마지막으로 자신의 동력을 이용해 회복실을 가동시켰다. 시스템의 안내 음성이 나왔다.

환자의 상태를 확인한 후 수술 및 회복 처치를 진행합니다. 소요 시간, 1680시간. 처치 범위와 환자의 상태에 따라 일시적인 역행성 기억 소실이 예상됩니다. 처치를 시작합니다.

"됐다. 이제 됐어."

동력을 거의 잃은 에피는 병원 밖을 방황하며 자신이 절대 잊으면 안 되는 것을 찾아 떠났다.

에피는 기온을 잊는 동시에 기온을 찾아 떠돌았고 빛으로 에너지를 얻는 것도 잊었다. 그러다 어느 집에 들어가 지하실로 내려갔다.

"기온이, 기온. 기운? 기언……."

그렇게 컴컴한 지하실에서 자신도 잊은 채 전원이 꺼졌다. 누군가 자신에게 빛을 줄 때를 기다리면서.

시간이 흐르고 기온의 자동 회복 장치는 예정 시간을 채우지 못하고 결국 문제가 발생했다. 동력이 충분하지 못한

탓이었다. 장치는 어느 순간 동력을 잃었고 기온의 신체는
예상 시간보다 훨씬 더 오랫동안 깨어날 수 없었다.

그러던 어느 날, 잠들어 있던 기온이 눈을 떴다.

◇

이제 알았다. 잊을 수 없는 달콤한 향이 그토록 떠올리고
싶었던 기억을 깨웠다. 엄마의 냄새와 함께 내 이름, 그리
고 그날의 일들이 모두 떠올랐다. 나는 기온이고 이렇게 내
앞으로 자꾸 나뭇잎을 모아 오는 빙고는 분명 나의 에피였
다. 에피는 기억하고 있었다. 땅을 비옥하게 하려면 나뭇잎
을 모아야 한다는 내 말을, 에피는 잊지 않은 것이다.

"에피."

"킹?"

"나, 기온이야."

눈물이 났다. 엄마와 헤어졌고 아빠, 할머니와는 인사도
없이 헤어져야 했다. 나는 손등으로 눈물을 닦으며 말했다.
목이 메었다.

"우리는 여섯 살 때 만났고, 너는 에피야. 내가 지어 줬
어. 우리 우주선 이름에서 딴 건데, 기억나?"

"킹?"

"다 까먹은 거야? 너는 내 선생님이고 날 돌보기 위해 만

들어졌잖아. 왜 잊은 거야?"

빙고, 그러니까 에피는 그날 망가진 것이다. 날 지키기 위해 그 화염 속에서 뜨거운 줄도 모르고 자신이 망가지는 것도 모른 채 날 지켜 주었다. 나는 흐르는 눈물을 닦으며 에피에게 눈을 맞추었다. 바다처럼 깊고 빛나는 에피의 눈이 나를 뚫어져라 보고 있었다.

"널 꼭 고쳐 줄게."

나는 붉은색 나뭇잎더미에 서 있는 에피를 보았다. 원래 에피는 우주와 잘 어울리는 까만 털을 가진 멋진 로봇 개였는데 지금은 금속만 남았다. 에피의 푸른 눈은 조금 탁해졌지만 여전히 반짝였다.

"가자."

우리는 포트를 찾아 밤낮을 달렸다. 그리고 우리가 타고 온 포트를 찾아냈다. 포트 위에는 넝쿨 식물이 빽빽하게 뒤덮여 있었지만 내부는 다행히 그대로였다. 포트 바닥에는 가방과 물건들이 흩어져 있었다. 나는 포트의 전원을 켰다. 그리고 간절히 신호를 기다리고 있을 그들에게, 모선인 '에피메테우스호'로 신호를 보냈다.

에피메테우스호는 들어라, 정착 행성을 찾았다. 반복한다. 정착 행성을 찾았다. 이곳은 인간이 살기에 적합한 모든 것을 갖추고 있다. 이곳은 우리가 떠나지 말아야 했던 곳, 지구다. 반복한다.

여기는 지구, 에피메테우스호는 들어라. 여기는 지구, 푸른 별 지구로 귀환하라.

임서진　　우주에 지구 말고 생명체가 있는 행성이 정말로 있기는 할까, 하는 생각을 하다가 「반달을 살아도」를 쓰게 되었습니다. 기온이 사는 우주선 '에피메테우스호'의 이름은 '뒤늦게 생각하는 자'라는 뜻으로 「그리스 로마 신화」에 나오는 티탄의 이름에서 따온 것입니다. 살아가는 내내 환경을 파괴하는 인간이 살 수 있는 행성은 어디에도 없을 것이라 생각합니다. 우주 끝에서 지구에 대한 애틋함을 뒤늦게 깨닫지 않도록 지금부터라도 지구를 조금 더 아껴 주면 좋을 것 같습니다.

반달을 살아도

달 아래
세 사람

소향

◇

우수
응모작

7월 병오일 밤 2경에서 4경까지 월식(月蝕)이 있었다.

– 승정원일기

달항아리가 보인다.

시청 앞 잔디 광장에 세워진 높이 12미터의 달항아리는 멀리서도 눈에 띄었다. 조선백자 달항아리를 재현한 것으로 사람들은 달 시계라 불렀다. 달이 차고 기우는 모습을 시시각각 보여 주니 제법 잘 어울리는 별칭이다. 보름달이 뜬 날에는 달항아리도 그처럼 탐스러운 빛을 한껏 내뿜었고, 초승달이 뜬 날에는 같은 모양새로 은은하게 빛났다. 하늘의 달과 지상의 달. 시청 앞 잔디 광장에는 언제나 두 개의 달이 있다.

8월의 늦은 오후, 후텁지근한 대기 속에서 작품 안내판을 가만히 읽어 보았다.

작품명 달항아리, 작가명 서현우.

이 거대한 설치 미술 작품은 얼마 전 세상을 떠난 아빠의 마지막 작품이다.

달항아리 아래로 이어진 계단을 내려가면 지하 미술관이 나온다. 지하 3층 규모의 미술관은 여섯 개의 전시실로 나뉘어 있다. 그중 4전시실에는 조선 후기 유명 화가들의 그림이 전시되어 있어 늘 관람객이 북적였다. 아빠도 4전시실에서 자주 시간을 보내곤 했다. 그곳에 자꾸만 보고 싶은 그림이 있다고 했다. 하지만 나는 4전시실을 지나쳐 곧장 6전시실로 갔다. 아빠의 작품이 있기 때문이다. 역시 달을 주제로 한 아빠의 조형 작품을 보니 어느 날 아빠와 함께 나눴던 말이 떠올랐다.

"은별아, 조선 시대 도공들이 달항아리를 어떻게 만들었는지 아니?"

"몰라. 어떻게 만들었는데?"

"크기가 큰 달항아리를 만들려면 흙으로 윗부분과 아랫부분을 따로 만든 뒤 이어 붙여야 했단다. 그런데 그렇게 하면 접합 부위가 서로 약간 뒤틀리게 돼. 자세히 보면 항아리 몸통 한가운데 가장 불룩한 부분이 어긋나 있어. 전체적으로 완벽하게 동그란 모습이 아니라 불균형인 거지. 하지만 도공들은 그걸 깎아 내거나 매끈하게 다듬지 않았어. 완벽히 둥글게 만들 수도 있지만, 그보단 약간 불완전해도 그 모습이 더 자연스럽다고 생각했던 거야."

아빠는 잠시 아무 말이 없었다. 그러더니 뜬금없는 질문을 던졌다.

"은별아. 만약에 과거로 갈 수 있다면 넌 언제로 가고 싶니?"

"과거? 별로 가고 싶지 않아. 어린 시절로 간다면 앞으로 어떤 일이 벌어질지 이미 다 알잖아. 그렇다고 백 년 전, 이백 년 전으로 가고 싶지도 않고. 그 옛날에 뭐 좋은 게 있겠어?"

나는 일말의 고민도 없이 대답했다.

"정말 그렇게 생각해?"

"응. 미래면 또 모르겠지만. 그럼 아빠는?"

그때 아빠는 대답은 하지 않고 빙그레 웃기만 했던 것 같다.

아빠는 달을 참 좋아했다. 몇 시간이고 하염없이 달을 바라볼 때도 있었다. 그럴 때면 엄마와 나는 아빠에게 말을 붙일 수도 없었다. 살짝 건드리기만 해도 다른 세상으로 가버릴 것만 같았으니까.

내가 아기였을 때 달에 기지가 만들어졌다. 시간이 흐

른 지금 2045년의 사람들에게 달은 지구의 식민지이자 거대한 자원일 뿐이었다. 아무도 아빠처럼 달을 바라보지 않았다. 어린 내가 보기에도 아빠는 이 시대와 어울리지 않는 사람이었다.

아빠와의 추억을 되새김질하는 사이 어느새 미술관 폐관 시간이 되었다. 밖으로 나가려면 기념품점을 지나가야 했다. 그런데 입구 근처에 아이들이 바글바글했다. 가까이 다가가 보니 아이들 모두 홀로그램 광고를 보고 있었다.

'어린이의 꿈과 상상력을 키우는 천체 관측 이벤트!'

'8월 27일, 직접 조립한 천체 망원경으로 월식을 관측해 보세요!'

이틀 뒤에 월식이 있구나. 나도 어릴 때 아빠와 조립 키트로 망원경을 만들어 하늘을 관측하곤 했다. 장난감 같은 망원경이었지만 달의 작은 크레이터까지 잘 보였다. 조금만 더 배율이 높았더라면 달 기지도 보였을지 모른다.

아이들 사이를 비집고 나와 달항아리 미니어처가 쌓여 있는 선반 앞을 지날 때였다. 누군가 내 이름을 불렀다.

"은별이니?"

엄마의 동료이자 아빠와 오래 절친한 친구인 장 교수님이었다.

"아, 안녕하세요. 교수님."

엄마와 다툰 날, 이런 곳에서 장 교수님을 만나다니…….

기분이 껄끄러워 어색하게 인사했다.

"은별이 맞네. 아빠 작품 보러 왔구나. 나도 지나는 길에 생각나 들렀다."

엄마와 아빠는 장 교수님의 소개로 만났다. 장 교수님은 가장 아끼는 두 사람을 소개했지만, 안타깝게도 둘은 달라도 너무 달랐다.

엄마는 평생 모범생 코스로 공부만 한 물리학자였다. 항상 한 치의 흐트러짐도 없는 모습이 꼭 시계 같았다. 반면 아빠는 규칙적인 생활과는 거리가 멀었다. 며칠 동안 말없이 사라졌다가 나타난 적도 여러 번이었다. 너무나 다른 둘 사이에서 나는 꽤 힘든 어린 시절을 보냈다.

잠시 어색한 침묵이 흐르고 어른들이 주로 할 말이 없을 때 하는 질문이 이어졌다.

"은별이가 중학교 3학년이지? 학교는 잘 다니니?"

"네……."

"그렇구나. 그래야지. 엄마가 네 걱정을 많이 한단다. 엄마는 너밖에 모르잖니. 참! 이건 혹시나 해서 물어보는 건데 집에서 달항아리 미니어처를 본 적 있니? 여기에서 파는 거랑은 조금 다른데."

"아니요? 못 봤는데요."

"그래? 이거 참. 아무 데나 둘 물건이 아닌데……. 아빠 작업실을 다 찾아봐도 없더구나. 내 친구지만 참 이해가 안

가. 예술가는 다 그런 건지. 그걸 꼭 직접 보고 싶었을까."

"네?"

"아, 그런 게 있다. 혹시 찾으면 만지지 말고 바로 나한테 연락 부탁한다. 또 보자."

장 교수님은 내 대답은 듣지도 않고 미술관 밖으로 빠르게 발걸음을 옮겼다. 남들이 이해할 수 없는 말과 행동을 자주 하는 장 교수님다웠다.

엄마는 굳은 얼굴로 현관에 서 있었다.

"지금까지 어디 있다가 온 거야? 전화기도 꺼 놓고."

대답 없이 방으로 들어가자 엄마가 내 뒤를 바짝 따라 들어왔다.

"너 아직도 수업 시간에 딴생각만 한다며. 이제 그만할 때도 되지 않았어?"

엄마의 말에 속에서 무언가 울컥 치밀어 올라 날카롭게 쏘아붙였다.

"뭘 그만해?"

"아빠 사고로 많이 힘든 건 알겠는데……. 공부는 안 하지, 툭하면 결석하지. 병원 가서 상담 좀 받자니까 그것도 싫다 하지. 언제까지 이럴 거야."

"또 공부 얘기. 엄마는 아빠가 보고 싶지도 않지? 엄마야말로 상담 좀 받지 그래?"

"뭐?"

"엄마 이중인격이 얼마나 심각한지 모르나 봐. 엄마가 다른 사람들에게 하는 말은 다르던데? 이 세상에는 공부보다 중요한 게 많다며? 성공보다 행복이 소중하다며? 그런데 나한테는 어떻게 해? 온종일 공부 얘기만 하잖아. 유치원 때부터 엄마 때문에 숨 쉴 틈도 없이 살아왔어."

"다 너 잘되라고 그러는 거잖아. 네가 하고 싶은 거 다 하게 해 주려고 엄마가 얼마나 애쓰는지 알아?"

"내가 하고 싶은 게 뭔데?"

"그건……. 다양한 분야를 공부하다 보면 찾을 수 있을 거야. 네 나이가 그럴 때잖아. 그 과정이 얼마나 중요한지 아니? 네가 지금 누리는 게 다 누구 덕인데."

"아! 돈 못 버는 아빠 대신 엄마가 가장이었던 거 알아 달라는 거야? 그런데 그거 알아? 사람 질리게 만드는 게 엄마 특기인 거. 그날 엄마가 아빠를 그렇게 몰아세우지만 않았어도 아빠는 지금 살아 있을 거야. 다 엄마 탓이야!"

조금 심했나 싶은 생각이 든 순간, 엄마는 얼굴이 하얘지더니 밖으로 나갔다. 기분 나쁜 정적이 방 안 가득 무겁게 내려앉았다. 심장 뛰는 소리가 북소리처럼 귓속에서 둥둥 울렸다.

엄마와의 대화는 시험이나 성적, 아니면 그날의 내 일정에 관한 것이 대부분이었다. 오늘은 학교 끝나고 연구실에 실험 결과를 보러 가야 하고, 내일은 오케스트라 연습이 있고, 주말엔 봉사활동을 가야 하고……. 연구하고 강의하기도 바쁘다면서 내 일정을 줄줄 읊는 엄마를 볼 때마다 정말이지 도망치고 싶은 마음뿐이었다.

아빠는 엄마와 달랐다. 항상 내 생각을 먼저 물었고 내 말에 귀 기울여 주었다. 엄마에게는 좋은 남편이 아니었을지 몰라도 나에겐 한없이 좋은 아빠였다.

그런데 한 달 전, 세상에서 가장 든든한 내 편이 사라졌다. 엄마와 아빠가 심하게 다툰 날 일어난 교통사고 때문이었다. 그러니까 아빠가 죽은 게 모두 엄마 탓이라고 말한 건, 진심이다.

적막이 가득한 방에 한참을 오도카니 앉아 있었다. 얼마쯤 지났을까. 문득 미술관에서 장 교수님을 만났던 일이 생각났다. 달항아리 미니어처……. 아빠는 미니어처 같은 걸 집에 가져온 적이 없다. 그런 조악한 기념품을 좋아하지 않는다. 그런데 문득 그런 생각이 들었다. 아빠가 그토록 좋아하는 달항아리니 미니어처 하나쯤은 가지고 있을지도 모른다는 생각. 만약 그렇다면 그걸 어디에 뒀을까?

내 방을 나와 아빠의 서재 앞에 섰다. 하지만 안으로 들어가지 못하고 손잡이를 만지작거리기만 했다. 아빠가 돌아가시고는 엄마도 나도 서재에 들어가지 않았다. 문을 열면 아빠가 있을 것만 같아서였다. 잠시 후 숨을 한번 크게 들이마시고 살며시 서재 문을 열었다.

여기저기 살피다 벽장 깊숙한 곳에서 작은 트렁크를 발견했다. 트렁크 안에는 뜻밖의 물건이 들어 있었다. 사극에서 본 조선 시대 양반들이 입는 한복이었다. 한복이라니. 예상치 못한 물건이었다. 트렁크에 한복을 도로 넣으려는데 구석에 있는 작은 상자 하나가 눈에 띄었다. 조심스럽게 상자를 열어 보니 그 안에 달 시계 미니어처가 있었다.

이게 장 교수님이 말한 그걸까? 보기에 그리 특별해 보이지는 않았다. 만지지 말라는 말은 가볍게 무시해도 좋을 만한 평범한 미니어처였다. 그런데 좀 더 살펴보니 미술관 기념품점에서 파는 것과는 조금 달랐다.

기념품점의 미니어처는 아빠의 달항아리처럼 달의 변화를 조명으로 보여 주는 취침용 무드 등이다. 하지만 이건 무드 등이 아니다. 몸통 한가운데, 어긋나고 비뚤어졌지만 자연스러운 아름다움을 보여 준다는 가장 불룩한 부분, 그곳에 디지털 숫자가 깜빡이고 있었다.

- 음력 2045년 7월 13일 20시 48분.

음력? 오늘이 음력으로 7월 13일인가 보다. 달 시계라 음력으로 만든 건가? 디지털 숫자 위에는 'No. 28'이라는 글자도 적혀 있었다. 무엇을 뜻하는 번호일까.

상자 안에는 편지가 있었다. 현우에게. 현우? 아빠다.

현우에게.

네 부탁을 들어주기까지 무척 고민이 많았다. 아직 테스트 단계라서. 대신, 이건 왕복으로 딱 한 번만 쓸 수 있게 만들었어. 네가 원한 그날로만 갈 수 있고 출발 버튼을 누르면 돼. 다시 돌아오려면 도착 버튼을 누르면 되고, 파손되면 돌아올 수 없다는 걸 잊지 마. 단, 전원 문제라면 월식 주기가 맞춰질 때까지 기다려. 잠깐이지만 다시 한번 기회가 주어질 거야. 하지만 그곳과 이곳의 월식 주기가 맞는 시간은 얼마 되지 않을 거야. 한마디로 조심, 또 조심하라는 말이다.

그럼 네가 그토록 소망했던 단 한 번의 특별한 시간 여행을 즐기길 바란다.

나도 모르게 피식 웃음이 나왔다. 왜 교수님이 미니어처를 만지지 말라고 했는지 알 것 같았다. 나이 많은 아저씨들이 이런 장난을 치다니.

벽에 기대어 앉아 미니어처를 만지작거리며 생각했다. 이게 만약 타임머신이라면 아빠는 어디로 가고 싶었던 걸까? 그날이란 언제일까? 가서 무엇을 하려고?

그때였다. 나를 찾는 엄마의 목소리가 들렸다. 점점 가까워지는 엄마의 발소리에 가슴이 두근거렸다. 얼른 서재 문을 잠갔다.

"은별아, 여기 있니? 엄마랑 얘기 좀 하자."

"혼자 있고 싶어."

"은별아, 엄마한테는 이제 너뿐이야. 너마저 없으면 엄마
는……."

더는 듣고 싶지 않았다. 이게 진짜 타임머신이면 좋겠다.
그러면 어디든 엄마가 없는 곳으로 나를 데려다줄 테니까.

나도 모르게 디지털 숫자 아래의 출발 버튼을 손가락으
로 꾹 눌렀다. 그러자 숫자들이 슬롯머신의 숫자판처럼 빠
르게 움직였다. 숫자들은 어느 순간 움직임을 멈추더니 강
한 빛을 쏘았다. 나는 반사적으로 눈을 질끈 감을 수밖에
없었다.

◇

어지러웠다. 살며시 눈을 떠 보니 나를 둘러싼 풍경이 바
뀌어 있었다. 가로등 하나 없이 캄캄한 어느 시골 마을이었
다. 바뀐 것은 풍경만이 아니었다. 냄새도 그랬다. 난생처
음 맡아 보는 낯선 공기의 냄새. 바람이 어디선가 축축한
흙냄새를 실어 왔다. 도대체 이게 무슨 일인가 어리둥절해
멍하니 있는데, 누군가 나를 담벼락 쪽으로 황급히 잡아끌
었다.

"아무리 야심한 시간이라도 너무 눈에 띄는 차림이오. 게
다가 여인일 줄이야."

나를 잡아끈 건 도포를 입고 갓을 쓴 남자애였다. 그 애는 누가 쫓아오기라도 하듯 연신 사방을 두리번거렸다. 나보다 한두 살쯤 많아 보이는 곱상한 얼굴이 달빛에 환하게 빛나고 있었다.

"누, 누구세요?"

"누구냐니? 예서 만나기로 한 성균관 유생 홍윤석이오."

이 말투는 뭐지? 내가 당황하자 홍윤석이라는 그 애는 의아하다는 표정으로 말을 이었다.

"이번 청나라 사신단 중에 천리경을 가져온 자가 있다 하여 연통했잖소. 그대가 아니오?"

"성균관 유생? 청나라? 지금 조선 시대 드라마 찍고 있나요?"

"찍다니, 무얼…… 찍는단 말이오? 천리경은 그러한 물건이 아니오. 또한 여기가 조선이 아니라면 대체 어디란 말이오."

"하아, 뭐라고요? 지금 연기하는 거 아니에요? 조선? 도대체 무슨 말을 하는 거예요."

나는 주변을 둘러보았다. 카메라는커녕 지나다니는 사람 하나 없다. 불길함이 엄습했다.

"저……. 혹시, 오늘이 몇 년 몇 월 며칠이죠?"

"계축년 칠월 열사흘이지 않소. 날짜와 시간, 장소까지 내 약조를 재차 확인하였거늘……."

"계축년? 그게 몇 년도인데요. 양력 날짜는 몰라요?"

그때 얕은 물웅덩이에서 반쯤 모습을 드러낸 미니어처 시계가 보였다. 얼른 달려가 시계를 집어 들었다.

– 음력 1793년 7월 13일 20시 56분.

1793년? 정말 여기가 조선이란 말이야? 망했다. 장 교수님의 편지가 사실이었다니. 게다가 1년 전도 10년 전도 아닌 1793년 조선으로 와 버렸다니. 그럼 아빠가 252년이나 과거로 가려고 했단 말이야? 도대체 왜?

기억을 모았다. 편지에는 다시 돌아오려면 도착 버튼을 누르라고 적혀 있었다. 그래. 돌아갈 방법이 있어. 떨리는 손으로 도착 버튼을 눌렀다. 하지만 아무 일도 일어나지 않았다. 좀 더 길게 꾹 눌러 보았다. 그런데 이번에는 디지털 숫자의 불빛이 아예 꺼져 버렸다.

심장이 덜컥 내려앉았다. 파손되면 돌아갈 수 없다고 했는데 여기서 죽을 때까지 살아야 한다는 건가? 설마…….
물기가 마르면 괜찮아지겠지? 나는 스스로 다독이면서 1793년에 무슨 일이 있었는지 기억해 보려고 애를 썼다.
이때 임금이 누구였더라? 영조? 정조?

"혹시…… 지금 조선의 임금님이 영조의 손자인가요?"

"그렇소만. 성상께서 왕위에 오르신 지 열일곱 해요."

눈앞이 아득해졌다.

"저기, 성균관 유생님, 믿어지지 않겠지만, 내 얘기 좀 들어 줄래요?"

나는 유생에게 내 상황을 모두 설명했다. 아빠의 이야기까지도. 유생은 사뭇 진지한 표정으로 이야기를 들어 주었다. 그렇지만 그의 대답은 기대와 달랐다.

"미안하오만, 그 얘기를 지금 나보고 믿으라는 거요?"

나는 두 팔을 다급하게 흔들며 말했다.

"그래서 내가 믿어지지 않을 거라고 했잖아요. 하지만 진짜예요. 이런 옷 본 적 있어요? 티셔츠라는 건데 미래 사람들이 입고 다녀요. 여기 한양이죠? 나중에는 이름이 서울로 바뀌어요. 난 2045년 서울에서 왔어요. 오고 싶어서 여기에 온 게 아니라고요. 그러니까 쉽게 말하면 사고가 난 거예요. 시간 사고."

내 말에 유생은 손에 턱을 괴고 골똘한 표정으로 한참이나 나를 보았다. 그러다 마침내 입을 열었다.

"그대가 정말 미래에서 왔든지 그렇지 않든지 간에 여인이 이런 이상한 차림새로 돌아다니는 것은 아니 될 일이오. 천리경은 얻지 못하고 도리어 과객을 만나다니. 이런 낭패가 있나. 그나저나 어디 묵을 곳은 있소?"

"묵을 곳이 있겠어요? 저 여기 처음이라니까요!"

듣고 보니 틀린 말도 아니다. 아늑한 방에 있다가 졸지에 조선의 과객, 아니 노숙객이 되어 버렸다. 설마 지금 내가 꿈을 꾸는 건 아니겠지?

유생은 도포를 벗어 나에게 건네주었다.

"따라오시오."

나는 유생이 건넨 도포를 뒤집어쓰고 고장 난 달 시계를 품에 안았다. 그리고 난생처음 만난 홍윤석이라는 조선 유생의 뒤를 따랐다.

"아야."

이런 길에 익숙해질 수 있을까. 돌에 걸려 넘어지면서 신고 있던 하얀 슬리퍼 한 짝의 끈이 떨어지고 말았다. 홍 유생이 급히 나를 일으켜 주려다 말고 말했다.

"의복도 그러하고, 버선도 신지 않고, 또 그 신은 어째. 꼭 오랑캐의 복색 같소."

오랑캐라니. 희한한 헤어스타일에 말 타고 칼 휘두르는 그 오랑캐? 나는 굳은 표정으로 홍 유생의 얼굴을 빤히 바라보았다.

"아, 내 말이 언짢았구려. 미안하오."

"나중에는 다 이런 거 신고 다녀요. 지금 입은 치렁치렁한 그 옷 덥지도 않아요?"

홍 유생이 갑자기 우뚝 걸음을 멈추었다. 어느 집 문 앞이었다. 그러더니 나만 남겨 두고 그 집으로 혼자 쑥 들어가 버렸다.

덜컥 겁이 났다. 기분 나쁜 티를 좀 냈다고 날 두고 가 버린 걸까? 끈 떨어진 슬리퍼를 들고 문 앞에 맨발로 서 있었다. 시간이 너무나 천천히 흘렀다. 점점 초조해졌다. 이대로 기다려야 할지 안으로 들어가야 할지 고민하는데 유생이 나와 낮은 목소리로 말했다.

"조용히 따라오시오."

그가 구세주처럼 보였다. 또다시 나 혼자 두고 갈까 봐 얼른 쫓아갔다. 유생이 안내한 곳은 초가집에 딸린 외딴 방이었다.

"성균관에서 반수교만 건너면 반촌이오. 이 방은 나와 내 벗들이 경학 외의 학문을 논할 때 사용하는 반촌 구석의 가장 고요한 곳이오. 당분간 예서 묵으시오. 나는 이만 동재*로 돌아갈 터이니 편히 쉬시오."

말을 마치고 문고리를 잡는 유생을 급히 불러 세웠다.

"저기요."

밖으로 나가려던 유생이 나를 돌아보았다.

"생각해 보니 제 이름도 말하지 않았네요. 전 은별이에요. 서은별. 오늘 정말 고맙습니다."

내 말에 홍 유생이 싱긋 웃더니 대답했다.

"그럼 은별 낭자, 편히 쉬시오."

홀로 남겨진 어두운 방 안에 적막이 가득했다. 이 세상에

＊   성균관 명륜당 앞의 동쪽에 위치한 유생들의 기숙사다. 유생들이 거처하며 글을 읽었다.

나 혼자만 있는 것 같았다.

멀리서 북소리가 들려왔다. 가만히 세어 보니 스물여덟 번*이었다. 북소리라니……. 밤에 북소리 말고 다른 소리는 들리지 않는 곳에 왔다는 것이 조금씩 실감 났다.

가만히 방 안을 둘러보았다. 검소하고 단정한 조선 선비의 방이었다. 좌식 책상 위에는 도형과 별자리 그림이 가득한 책이 펼쳐져 있었고, 한쪽 벽에 문짝 두 개가 달린 제법 근사해 보이는 나무장이 보였다. 방 모서리의 키 큰 책장에는 책이 가지런히 꽂혀 있었다. 그리고 그중 한 칸을 달항아리가 차지했다. 아빠가 봤으면 얼마나 좋아했을까.

창을 열었다. 커다란 달이 둥실 떠 있었다. 나는 달 시계를 다시 살펴보았다. 숫자가 여전히 꺼져 있었다. 엄마는 지금쯤 서재 문을 열었을까? 내가 아빠 대신 조선에 왔다고는 생각조차 못 하겠지?

나도 모르게 눈물이 흐르고 원망이 울컥 솟아올랐다. 이 모든 게 엄마 탓이다. 엄마가 아빠의 반만큼이라도 나를 이해해 줬다면 시계의 버튼을 누르는 일 따위는 애초에 생기지 않았겠지. 그러니까 엄마를 다시 만난다면 이 말을 꼭 해야겠다.

"세상에서 날 가장 힘들게 하는 사람은 바로 엄마야."

* 밤 10시쯤 통행 금지를 알리는 종인 인경을 28번 치면 한양에 통행 금지가 시작되었다.

"선비님. 기침하셨습니까?"

밖에서 들려오는 목소리에 눈을 떴다. 문풍지를 바른 방문이 환했다. 아침이었다. 황급히 일어나 어젯밤 유생이 내어 준 남자 한복으로 갈아입었다. 그리고 머리 모양도 유생과 비슷하게 묶었다.

"아, 네. 들어오세요."

문을 여니 웬 아주머니가 밥상을 들고 서 있었다.

"선비님께서 어젯밤 아우님이 계신 방에 아침상을 들이라 이르셨습니다."

"감사합니다. 잘 먹겠습니다."

아주머니의 호기심 어린 눈초리가 느껴졌다.

"홍 선비님만큼이나 육촌 아우님께서도 무척 고우십니다. 여인이라 해도 믿겠습니다."

"하하, 제가 좀 그런 소리를 듣습니다. 사내치고 너무 고운 얼굴이 제 콤플렉스입니다."

내 말에 아주머니는 무슨 소린지 도통 모르겠다는 표정을 짓고 자리를 떴다.

백김치와 나물 두 가지, 미역국이 전부인 소박한 밥상이었다. 하지만 어제 저녁을 먹지 못한 탓에 바로 군침이 돌았다. 밥 한 숟갈을 크게 떠서 꿀꺽 삼켰다. 따끈하고 달짝지근한 밥맛이 고스란히 느껴졌다. 적당히 기름진 감칠맛

나는 소고기미역국은 자꾸만 숟가락을 바쁘게 만들었다. 매일 먹던 3D 푸드 프린터로 프린팅한 음식이나 안드로이드 셰프가 만든 것과는 달랐다. 나는 사흘은 굶은 사람처럼 밥그릇을 싹싹 비웠다.

오랜만에 사람이 만든 음식을 먹자 또다시 엄마가 떠올랐다. 항상 바쁜 엄마가 직접 요리하는 날이 1년에 딱 하루 있었다. 바로 내 생일이었다. 내가 중학생이 되기 전까지 엄마는 내 생일마다 미역국을 끓이고 케이크를 만들었다. 맛은 별로였지만 나는 늘 생일을 기다렸다. 미역국과 케이크 때문이 아니었다. 요리하는 엄마의 뒷모습을 보는 게 좋아서였다. 그때는 우리 사이가 꽤 좋았다.

"홍윤석이오. 들어가도 되겠소?"

방문 밖에서 유생의 목소리가 들렸다. 하루 만에 익숙해진 건지 목소리가 반가웠다. 지금 내가 여기에서 아는 사람이라고는 홍윤석, 단 한 명뿐이니까.

"네. 들어오세요."

그가 조선의 옷으로 갈아입은 나를 보고 웃으며 말했다.

"어젯밤은 편히 주무셨는지."

"아니요. 침대가 아니라서 너무 딱딱하고 불편했어요. 그래도 감사합니다."

홍 유생이 빙그레 웃으며 가죽신을 내어 주었다. 낯선 모양이지만 진한 자줏빛의 무척 고운 신이었다.

"이게 뭐예요?"

"낭자와 함께 미래에서 온 신이 망가져 내 당혜*를 준비해 왔소."

마음이 뭉클해졌다. 하지만 고맙다고 말하는 게 왠지 부끄러워 나도 모르게 엉뚱한 말을 내뱉었다.

"이제 내가 미래에서 왔다는 걸 믿어 주는 건가요?"

"적어도 청나라에서 온 것 같지는 않소."

글공부하는 사람이라 말로는 도저히 이길 수 없다. 배부르게 먹고 나니 마음이 푸근해져서일까. 여행을 온 건 아니지만 밖에 나가고 싶어졌다.

"제가 지금 한가롭게 관광을 다닐 때는 아닌데요, 한양 구경을 하고 싶어요."

"그럽시다. 혹 내가 미래의 조선에 가게 된다면 낭자도 그리해 주셔야 하오."

"오시기만 하면 기꺼이 그러죠."

거리는 어젯밤과 사뭇 달랐다. 그토록 조용하던 곳이 사람들로 시끌벅적 활기가 넘쳤다. 옷감이나 장신구를 파는 가게, 책을 파는 가게, 붓과 종이를 파는 가게에 고기를 파는 가게도 있었다. 온갖 상점과 이색적인 물건이 가득한 거리를 정신없이 구경하는데 문득 어젯밤 홍 유생이 했던 말

*   조선 시대 가죽신. 코와 뒤꿈치에 덩굴 무늬를 놓아 만든 마른 신으로 주로 양갓집 부녀자가 신었다.

이 생각났다.

"궁금한 게 있어요. 망원경, 그러니까 천리경은 왜 구하려고 하는 거예요? 여기에는 파는 곳이 없어요?"

"천리경은 구하기 힘든 물건이오."

"천리경으로 무얼 하려고요?"

"관상감*에서 내일 밤 월식이 있을 것이라 여러 달 전에 임금께 아뢰었소. 그리고 유생들 사이에도 그 소문이 퍼졌소. 천리경으로 멀리 있는 물체를 바로 코앞에 있는 것처럼 또렷하게 볼 수 있다 들었소. 나는 월식을 자세히 보고 싶었소."

"월식? 그냥 눈으로 보면 되잖아요. 그게 뭐 그렇게 대단하다고요. 달이 지구 그림자에 가려지는 것뿐인데. 달은 그냥 커다란 암석 덩어리일 뿐이에요. 물론 자원이 풍부하고 우주로 나가는 발판이라 지구의 식민지로 삼긴 했지만요."

"증명할 길이 없다고 아무 말이나 하는 거요? 아예 미래에는 달에서 사람이 산다고 하지 그러시오."

"어? 어떻게 알았어요? 달에 기지가 세워진 지는 십 년도 넘었고요. 지금은, 아니 그러니까 내가 살던 미래에는 과학자와 기술자 수백 명이 달에 살고 있어요. 얼마 전에는 달에서 첫 번째 아기도 태어났다고요."

---

*　예조에 속하여 천문(天文), 지리(地理), 역수(曆數), 기후 관측, 각루(刻漏) 따위를 맡아 보던 관아.

110

홍 유생은 대답이 없었다. 아마 내가 거짓말을 한다고 생각하겠지? 그럴 만도 하다. 조선의 선비가 받아들이기엔 믿기 어려운 말일 테니까. 한적한 길로 접어들자 그가 말했다.

"형님이 계셨소. 글공부보다 수학과 천문학, 역학을 더 좋아하셨지. 그에 대한 서책을 읽고 들려주실 때면 어린 나도 그리 신기하고 즐거울 수가 없었소. 허나 아버님은 중인들이나 하는 일에 관심을 가진다고 탐탁지 않아 하셨소."

수학과 과학을 좋아하는 성균관 유생이라……. 시대에 어울리지 않는 사람이 여기에도 있다니.

"형님은 십 년 전 연행 사절로 청나라에 가시게 되었소. 넓은 세상을 보게 된다며 무척 들뜨셨지. 청나라에서 천리경을 구해 올 테니 돌아오면 꼭 월식을 함께 보자 하셨소. 허나 병약한 몸으로 엄동설한 먼 길이 힘드셨던지 그만 돌아가시고 말았소. 하여 형님과 약속했던 구 년 전의 월식은 볼 수 없었소. 형님이 이 세상에 계시지 않고, 사흘을 내리 비가 내렸기 때문이오."

홍 유생의 목소리에는 그리움이 진하게 스며 있었다.

"비록 이 세상에 형님은 계시지 않으나 형님과 이루지 못한 약조를 꼭 지키고 싶었소. 실은 낭자가 살던 세상의 이야기를 들을 때 가슴이 뛰었소. 형님의 짧은 생이 헛되지 않았다는 뜻이니 말이오. 미래의 조선에서 온 낭자가 보기엔 하찮아 보일 터이나 천리경으로 월식을 보는 것이 그러한 세상의 시작이 아니겠소. 누구보다 하늘을 가슴에 품고 살았던 형님이 바라시던 세상 말이오.”

가슴속에 잔잔한 물결이 일었다. 우리는 말없이 한참을 걸었다. 수표교를 건널 때쯤에야 나는 유생에게 한마디를 건넸다.

“이번 월식은 나랑 같이 봐요.”

온종일 거리를 구경하고 나니 어느새 날이 어두워졌다. 반촌에 거의 도착했을 때 갑자기 빗방울이 후드득 떨어지기 시작했다. 하루 종일 걸어 다녀서 발에 감각이 없어질 지경이었지만 처소를 향해 힘껏 달렸다.

방에 들어오자마자 홍 유생은 나무장을 열고 끈 떨어진 내 슬리퍼를 꺼내 왔다. 그러고는 연장으로 슬리퍼를 고치기 시작했다. 밖에서 들려오는 빗소리가 연장으로 툭툭 치는 소리를 감쌌다. 잠시 뒤 연장 소리가 멈췄다.

“다 되었소. 미래의 조선에서 온 그대에겐 아무래도 미래의 신이 더 편하겠지.”

“와! 대단해요. 저 나무장 안에 있는 것도 다 선비님이 만든 거예요? 글공부하는 선비가 어쩜 이렇게 재주가 좋아요?”

“어찌 우리 아버님과 똑같은 말씀을 하시오.”

왠지 신기가 아까워 슬리퍼를 나무장에 도로 넣었다. 익숙하지 않아도 이곳에 있는 동안에는 유생이 준 당혜를 신기로 했다. 나는 슬리퍼 옆에 달 시계를 나란히 놓았다. 고장 난 달 시계를 보고 유생이 말했다.

"이것이 그대를 이곳으로 보냈다는 물건이오?"

"네. 아무리 솜씨 좋은 선비님이라도 이걸 고칠 수는 없겠죠. 내가 집으로 돌아갈 수는 있을까요?"

"그럴 수 있을 거요."

"형님 얘기를 들을 때 아빠가 생각났어요. 아빠는 왜 1793년의 조선에 오고 싶었던 걸까요? 아빠가 유독 조선의 예술품을 좋아하기는 했지만, 솔직히 아직도 이유를 모르겠어요. 아빠가 전에 물은 적이 있어요. 만약 과거로 갈 수 있다면 언제로 가고 싶냐고. 그때 나는 가고 싶지 않다고 했거든요. 하지만 지금 다시 묻는다면 아빠가 돌아가신 날이라고 대답할 거예요. 그럼 아빠한테 말할 수 있으니까요. 밖에 나가지 말라고. 오늘은 그냥 나와 같이 있자고……."

빗소리가 더 세차게 들려왔다.

"내일 월식을 볼 수 있을지 모르겠네요. 비가 계속 오면 어쩌죠?"

"이번에 못 보면 다음번을 기다리면 되지 않겠소."

홍 유생이 나를 향해 빙그레 웃었다. 그리고 시계로 시선을 옮기더니 한참을 바라보았다.

유생이 돌아가고 내리는 비를 바라보며 생각했다. 유생의 말처럼 이제 기다리는 일만 남은 걸까? 이곳에 머물다 보면 아빠가 여기 오려고 했던 이유가 무엇인지 알 수 있을까?

새벽쯤이었다. 잠결에도 낯선 인기척이 느껴져 눈을 뜬 순간 희미한 어둠 속에서 누군가 내 눈과 입을 막았다. 어디론가 끌려가며 나에게 일어난 일을 떠올렸다. 그리고 생각했다. 이게 다 꿈이라면. 눈을 떴을 때 내 방 안이라면. 그리고 방문을 열었을 때 요리하는 엄마의 뒷모습을 볼 수 있다면…….

길고 괴로운 시간이 흘렀다. 소리를 지르고 싶어도 입에 재갈이 물려 있어 그럴 수가 없었다. 어디에 묶여 있는 건지 몸을 움직이기 힘들었다. 발버둥을 치면 꽉 묶은 줄이 가슴을 죄어 와 숨쉬기만 더 어려워졌다.

끼이익.

오래된 나무문이 열리고 누군가가 나를 일으키더니 끌고 갔다. 덜컥 겁이 났다. 날 어디로 데려가는 걸까. 설마 이 낯선 곳에서 죽는 건 아니겠지?

어디로 가는지도 모르는 채 내리는 비를 맞았다. 엄마가 생각났다. 참 이상한 일이다. 그렇게 엄마가 없는 곳으로 떠나고 싶었는데, 왜 계속 엄마 생각이 나는 걸까.

얼마간의 시간이 흐른 뒤 눈을 가린 천이 풀렸다. 커다란 기와집 마루에서 근엄함이 느껴지는 중년 남자가 나를 내려다보고 있었다. 눈매를 보자마자 홍 유생의 아버지라는 걸 한눈에 알았다. 위압적인 분위기에 나도 모르게 어깨가 움츠러들었다. 그때 홍 유생이 집 안으로 황급히 뛰어 들어왔다.

대감이 숨을 몰아쉬는 유생과 나를 번갈아 바라보다 느릿한 말투로 물었다.

"네가 반촌에서 무엇을 하고 다녔는지 그동안 내가 모르는 줄 알았느냐. 저 계집같이 생긴 놈은 누구냐. 너에게 저런 육촌 아우가 있었더냐?"

"제 벗입니다."

"벗? 반촌 어멈이 전에는 본 적이 없을 뿐더러 말투와 행동거지도 수상한 자라 했다."

"아닙니다. 저와 함께 천문을 공부하는 벗입니다. 말투가 조금 다른 것은…… 먼 곳에서 왔기 때문입니다. 제 귀한 벗에게 이러시면 안 됩니다."

"천문? 천문은 대체 왜 공부하는 것이냐. 선비에게 경학보다 중한 것이 있느냐."

"경학이 중요치 않다는 것이 아닙니다. 어떤 학문이 백성들의 삶을 더 낫게 만들 수 있는지 고민하는 것입니다."

"진정 하늘을 보는 것이 백성들에게 도움이 된다고 생각하는 것이냐."

"백성들이 명나라의 절기를 그대로 따라 쓰다 농사를 짓는 데 애를 먹자 세종께서는 천문 기구를 만들어 우리 땅에 맞는 절기를 찾아내셨습니다. 세종께서 하신 일이 경학보다 중하지 않다 할 수 있습니까? 하늘을 보는 것은 작은 일이나 말 못 하던 어린아이가 문자를 익혀 글을 쓸 줄 알게 되듯, 먼 훗날 달에서 사람이 사는 세상의 시작이 될 수도 있는 일입니다."

이상했다. 나무라는 듯 보였지만 대감의 근엄한 표정 속에는 온화함이 숨겨져 있었다. 한 올 한 올 곤두섰던 머리카락이 조금씩 가라앉았다. 빗줄기도 약해지기 시작했다.

"그럴듯하구나. 허나 그렇다면 네 힘으로 이룬 것은 무엇이냐. 무엇으로 백성을 이롭게 하였느냐? 가문이 미천하였다면 네가 한가한 중인 놀이를 할 수 있었겠느냐? 일신이 편안하니 엉뚱한 쪽에 관심이 가더냐. 반촌 어멈이 저자가 외국의 첩자일까 저어된다 하였다. 도대체 네가 무슨 짓을 하고 다니는 것인지 내 저자를 단단히 문초할 것이다."

이건 도대체 무슨 소리지? 이렇게 끌려온 것도 억울한데 나를 문초하겠다니? 나는 대감을 향해 다급히 소리쳤다.

"잠깐만요. 첩자라니요. 저는 선비님의 벗이 맞습니다. 좀 멀리서 오기는 했지만요."

"네가 윤석이의 벗이란 걸 어찌 믿으란 말이냐?"

"그, 그건⋯⋯."

그때였다. 대감 앞의 탁자에 놓여 있는 물건이 보였다. 양 끝에 끈이 달려 있고 두 렌즈를 연결하는 가운데 부분이 접혀 있는 것이 꼭 안경 같았다.

"저, 잠깐만요. 저것은 안경인가요?"

유생이 내가 가리키는 물건을 보고 말했다.

"애체 말이오? 남석*으로 만든 것인데 아버님이 요즘 서책을 보기 힘들다 하셔서 내가 구해 드렸소."

머릿속에서 생각이 전속력으로 달리기 시작했다. 이거다.

"대감께서 애체를 사용하시는 것처럼, 세종께서 만드신 천문 기구가 백성들이 농사짓는 데 도움이 된 것처럼, 천리경도 쓸모 있는 물건입니다. 선비님은 천리경을 구하려 하셨고 저는 그걸 만들 수 있습니다. 그래서 온 것입니다. 그러니 제가 천리경을 만들면 저를 보내 주세요."

대감이 두 눈썹 사이를 좁히며 말했다.

"네가 청나라에서나 구할 수 있는 천리경을 만들겠다고? 그래. 좋다. 내 백번 양보해서 네가 그 물건을 만들어 낸다면, 너희 작당이 그 정도 가치는 있다고 인정해 주지. 대신 실패한다면 각오하거라."

해낼 수 있다. 어릴 때 아빠랑 만들었던 케플러식 망원

---

*　　경주 남산에서 채굴한 수정.

경, 기념품점에서 팔던 조립 키트처럼 만들면 된다.

케플러식 망원경을 만들려면 두 개의 볼록렌즈가 필요했다. 대물렌즈는 크고 평평해야 하고 접안렌즈는 작고 볼록해야 한다. 안경을 사용하는 시대라면 렌즈도 구할 수 있을지 모른다.

나는 덩치 큰 청지기와 함께 저자의 안경방에 갔다. 그곳에서 여러 렌즈를 서로 겹쳐 보면서 적당한 것을 골랐다. 그리고 기름을 먹인 두꺼운 검은 종이로 경통 두 개를 만들고, 대물렌즈 경통 안에 접안렌즈 경통을 끼워 넣었다. 청지기는 잠깐이라도 눈을 떼면 내가 도망이라도 칠까 싶은지 기둥처럼 서서 내 일거수일투족을 쉼 없이 감시했다. 나는 청지기에게 완성된 망원경을 내밀었다.

"다 됐어요. 한번 보시겠어요? 두 경통 거리를 조절하다가 상이 선명해지면 멈추고 관찰하면 돼요."

청지기가 왼쪽 눈에 망원경을 대고 오른쪽 눈을 감았다. 그가 연신 감탄사를 연발했다.

"저 멀리 있는 성곽이 마치 코앞에 와 있는 것 같습니다. 참으로 또렷하게 보입니다. 듣던 대로 정말 신기한 물건입니다."

집으로 돌아오는 내내 청지기는 망원경에 관해 묻고 또 물었다.

대감이 망원경을 눈에 대고 먼 곳을 바라보았다. 방향을 이리저리 바꾸던 대감은 어느 순간 우뚝 멈추고 한참을 그대로 있었다. 마른침이 꼴깍 넘어갔다. 마침내 대감은 망원경을 돌려주며 말했다.

"한낱 얕은 재주일 뿐이나 내 약조는 지키마. 허나 윤석아. 학문을 소홀히 여기지 말고 벗은 가려 사귀도록 해라."

대감이 자리를 떠났다. 나도 모르게 안도의 한숨이 새어 나왔다.

"곤욕을 치르게 해서 미안하오."

"선비님 탓이 아닌데요."

우리는 연못 위에 세워진 정자에 나란히 앉았다. 그제야 집 안 풍경이 눈에 들어왔다. 홍 유생의 집은 무척 아름답고 기품이 있었다. 나는 연못 위로 무수히 많은 동심원이 나타났다가 사라지는 걸 바라보았다. 마음이 점점 평온해졌다.

"선비님은 하고 싶은 걸 못 하게 하는 아버지가 원망스럽지 않으세요?"

"한때는 그랬소."

"그런데요?"

"십 년 전, 형님이 청나라에 가게 된 것이 사실은 아버님이 힘써 주신 덕분이란 걸 형님이 돌아가시고 한참 뒤에야 알게 되었소. 아버님은 새로운 세상을 보고 싶어 했던 형님의 소망을 알고 계셨던 것이오. 몸이 약한 형님이 무사히 돌아오기를 바라며 얼마나 애태우셨을지……."

얼마간 연못에 떨어지는 빗방울 소리만이 들려왔다.

"표현은 아니하시지만 나는 알고 있소. 아버님이 우리 형제를 무척 귀애하시고 자랑스레 여기신다는 걸 말이오."

엄마가 했던 말이 생각났다.

'네가 하고 싶은 거 다 하게 해 주려고 엄마가 얼마나 애쓰는지 알아?'

아침부터 내리던 비가 그쳤다. 나는 유생에게 망원경을 내밀며 말했다.

"제가 청나라 사신은 아니지만 천리경을 드리게 되었네요. 오늘 밤 월식을 볼 수 있겠어요."

홍 유생이 망원경을 건네 받으며 미소 지었다.

우리는 집을 나섰다. 홍 유생은 나를 저자에 있는 비단 가게에 데려갔다. 어울리지 않는 남장을 해서 사람들이 더 이상하게 본 것 같다는 것이 이유였다. 나는 하얀 저고리와 푸른색 치마를 골랐다. 주인은 나에게 쓰개치마*도 권했다.

"어때요? 색이 마음에 들어 골랐는데 영 불편하네요."

홍 유생은 치마저고리를 입은 나를 보고 얼굴이 붉어진 채 아무 대답도 하지 못했다. 그런 홍 유생을 보자 민망해

---

*　　부녀자가 나들이할 때, 내외하기 위해 머리로부터 몸의 윗부분을 가려 쓰던 치마 비슷한 것이다.

져 핀잔을 주었다.

"빈말로라도 예쁘다는 칭찬 한마디 없어요?"

"아, 미안하오. 예가 아닌 듯하여……. 참으로 어여쁘오."

어느새 날이 어두워지고 있었다. 상인들이 저마다 가게 입구에 등불을 달았다. 거리의 풍경이 마치 꿈속을 거니는 것처럼 몽환적으로 변해 갔다.

홍 유생이 초롱을 들었다. 함께 한참을 걷는데 멀리서 북소리가 들려왔다. 조선에 도착한 날 밤에도 들었던 북소리였다.

"왜 밤마다 북을 치는 거예요?"

"인정**을 알리는 북소리요. 이제부터 파루***까지는 통행금지요."

"통행금지? 그런 것도 있어요? 우리 돌아다니다 잡혀가는 거 아니에요?"

"괜찮소. 반촌에는 순라군****이 다니지 않소."

비가 그친 밤은 상쾌했다. 커다란 보름달이 휘영청 빛나고 있었다.

1793년 조선의 달은 2045년의 달과 달랐다. 빌딩 숲에

** 밤 10시경 북이나 종을 28번을 쳐서 일반인의 통행을 금지했다.

*** 새벽 4시경 북이나 종을 33번 쳐서 통행금지의 해제를 알렸다.

**** 조선 시대에 도둑, 화재 등을 경계하기 위하여 밤에 궁중과 도성 안팎을 순찰하던 군인.

가려 보일까 말까 하는 모습이 아니었다. 세상을 온통 감싸는 휘황한 달빛이었다. 그 빛이 걷는 길마다 짙게 어른거리는 달그림자를 만들었다.

풀벌레 소리가 들리는 어느 길모퉁이 담장 옆에서 유생이 멈춰 섰다. 유생의 눈길이 머무는 곳을 보고 나는 이유를 알았다. 낮게 떠 있는 보름달 아래서부터 위를 향해 검은 그림자가 아주 천천히 올라가고 있었다. 월식의 시작이었다. 유생은 품에서 망원경을 꺼내 달을 바라보았다.

그림자에 가려질수록 달은 점점 작아졌고, 달이 작아질수록 달빛은 점점 더 붉어졌다. 월식이 절정을 이루자 달은 진홍빛으로 붉게 물들고 사방이 어두워졌다.

그제야 말이 없던 홍 유생이 시를 읊었다.

"月沈沈夜三更, 兩人心事兩人知(월침침야삼경, 양인심사양인지)."

"무슨 뜻이에요?"

"달빛이 어두운 삼경, 두 사람 마음이야 둘만이 알겠지."

시간이 흐르고 달이 다시 커지기 시작했다. 달도 세상도 점점 밝아졌다. 홍 유생이 도포 소맷자락에서 무언가를 꺼내 나에게 건넸다.

"이걸 언제……."

전원이 켜진 미니어처 시계였다. 디지털 숫자가 깜빡인다는 것은 내가 2045년의 서울로 갈 수 있다는 의미였다.

"월식이 시작될 때 켜졌소. 부디 미래의 조선으로 무사히 돌아가길 바라겠소."

장 교수님의 편지가 생각났다.

'월식 주기가 맞춰질 때까지 기다려. 주기가 맞닿는 시간 동안 다시 기회가 주어질 거다.'

2045년의 달도 지금, 내가 있는 이곳 1793년의 달처럼 월식 중일 것이다. 두 개의 달, 두 월식이 만들어 준 기회다. 시청 앞 잔디 광장에 있는 아빠의 달항아리도 같은 모습이 겠지.

홍 유생과 헤어져야 하기 때문일까, 아니면 시계를 건네 주던 유생의 손길이 스쳤기 때문일까. 심장에서 시작된 저 릿한 느낌이 온몸으로 퍼져 나갔다.

하고 싶은 말은 너무나 많은데 무슨 말을 해야 할지 몰랐 다. 나는 유생도 그렇다는 것을 알았다. 고개를 들어 유생 의 형형한 눈을 바라보았다.

"고마웠어요. 그런데 이제 우리, 다시는 못 보겠네요."

"시공간을 넘어 낭자를 만난 기적을 내 오래도록 잊지 않 겠소."

월식이 끝나 가고 있었다. 달빛이 밝아지는 만큼 디지털 숫자의 불빛은 희미해져 갔다. 나는 촉촉해진 눈가를 숨기 려고 고개를 돌렸다. 하지만 이내 다시 유생의 얼굴을 똑바 로 바라보고 손을 꼭 잡았다. 이 순간을 영원히 기억하려면 그래야 했다.

그렁그렁하던 눈물이 떨어지는 순간 시계의 도착 버튼을 눌렀다. 그러자 시계의 숫자들이 빠르게 움직이다 멈추고 강한 빛을 쏘았다. 너무 눈이 부셔 눈을 꼭 감았다. 그리고 나도 모르게 유생의 손을 놓고 말았다.

◇

가벼운 현기증을 느끼고 눈을 떴다. 아빠의 서재였다. 하얀 저고리와 푸른색 치마를 입고 자줏빛 당혜를 신은 채였다. 눈가에 맺힌 눈물을 훔치고 시계를 보았다.

- 음력 2045년 7월 16일 0시 48분.

시계 숫자의 빛이 희미해지더니 곧 전원이 꺼져 버렸다.

거실로 나갔다. 내가 시간 여행을 떠나던 날 입고 있던 옷차림 그대로 엄마가 소파에 앉아 있었다. 힘없이 축 처진 엄마의 어깨가 낯설었다. 늘 강해 보였던 엄마가 한없이 약해 보였다. 내가 사라진 시간 동안 먹지도 자지도 못한 것 같았다. 엄마가, 나보다 작아 보였다.

엄마에게 가까이 다가갔다. 엄마는 내 열두 살 생일에 찍은 가족 사진을 보고 있었다. 사진 속에서 우리 셋은 열두 개의 초가 켜진 케이크를 들고 환하게 웃고 있었다. 엄마가 만든 케이크였다.

사진을 보고 알았다. 나는 행복했던 추억을 잊고 있었다. 아니, 애써 지웠다는 게 더 맞겠다. 한 달 전, 내 열여섯 살 생일. 아빠에게 마지막으로 했던 말이 떠올랐다.

"안드로이드 말고 사람이 만든 케이크를 먹고 싶어."

그건 거짓말이었다. 내가 하고 싶은 말은 그게 아니었다.

'안드로이드 말고 엄마가 만든 케이크를 먹고 싶어. 옛날처럼 셋이서……'

그랬다. 아빠가 돌아가신 건 내가 케이크를 먹고 싶다고 졸라서 비 오는 저녁에 아빠가 집을 나섰기 때문이 아니라, 엄마와 아빠가 다투었기 때문이라고 해야 했다. 그래야 엄마를 더 원망할 수 있으니까. 그러면 내 마음이 편해질 줄 알았으니까.

온몸이 점점 떨려 왔다. 나도 모르게 깊은 울음이 터져 나왔다. 울음소리에 뒤를 돌아본 엄마가 자리에서 벌떡 일어나더니 달려와서 나를 힘껏 안았다. 그리고 그저 돌아와 줘서 고맙다는 말만 연신 내뱉었다. 얼마 만일까? 나도 홀로 세상을 살아 낸 엄마의 여린 어깨를 꼭 감싸 안았다. 엄마한테 달콤한 케이크 냄새가 났다. 짭조름한 미역국 냄새도 났다. 그리고 나는 엄마가 없는 곳에서 알게 된 내 마음을 말했다.

"엄마, 그동안 혼자서 많이 힘들었지. 미안해. 정말 미안해……"

"은별아, 엄마가 오늘 일이 많아 늦을 것 같아. 최대한 빨리 갈게. 밥 잘 챙겨 먹고."

"걱정하지 마. 내가 어린앤가 뭐."

전화를 끊고 잔디 광장의 하늘을 바라보았다.

달이 떠 있다. 보름이 지나 조금 이지러지기는 했으나 여전히 밝은 달이다. 아빠의 달항아리도 같은 모양으로 빛나고 있었다. 그리고 나는 지금, 홍 유생을 만나러 간다.

달항아리 아래로 이어진 계단을 하나씩 딛고 지하 미술관으로 내려갔다. 이번에는 4전시실을 지나치지 않고 곧장 들어가 한 그림 앞에 멈춰 섰다.

– No. 28 〈월하정인〉 신윤복 (1793년)

달 아래 연인.

그림 속에는 두 남녀가 있었다. 그리고 낮게 뜬 조각달이 은은하게 그들을 비추고 있었다. 눈썹 같은 조각달은 초승달이 아니다.

월식 중인 달. 나와 홍 유생이 함께 바라보았던 그 달이다. 비가 그치고 난 조선의 싱그러운 여름밤, 아빠가 시간을 거슬러 보고 싶어 했던 그날의 달이었다.

1793년 반촌 어느 길모퉁이 월식 중인 달 아래, 나와 홍 유생 그리고 담장 너머 우리의 모습을 화폭에 담았던 화공, 이렇게 세 사람이 있었다.

달 아래 쓰여 있는 시를 읽었다.

"월침침야삼경, 양인심사양인지."

'달빛이 어두운 삼경, 두 사람 마음이야 둘만이 알겠지.'

나는 그림 속의 홍 유생과 나를 보며 추억했다.

우리 둘만이 아는 이야기를.

소향 2020년 여름, 우연히 오래된 신문 기사를 보았습니다. 천문학자 이태형 씨가 신윤복의 〈월하정인〉 속 달 모양을 과학적으로 분석해 제작 시기와 시간까지 정확히 알아냈다는 내용이었어요. 그림은 1793년 7월 15일(음력) 밤 11시 50분께 그려졌고, 승정원일기에 그날 '오후까지 비가 오다 그쳤고 밤 2경에서 4경까지 월식이 있었다.'는 기록을 찾았다네요. 그동안 초승달을 잘못 그렸다고 여겨진 〈월하정인〉은 월식 중인 달을 그린 거였어요. 그 후 그 아름답고 신비로운 그림이 한동안 머릿속에서 떠나지 않았습니다. 달이 지구 그림자에 가려지는 시간, 그림 속 주인공들에게 무슨 일이 있던 걸까요? 그들의 이야기가 너무나 궁금했던 저는 두 월식이 일어나는 1793년과 2045년으로 시간 여행을 떠났어요. 「달 아래 세 사람」은 그렇게 시작되었습니다.

외계에서 온 박씨

조윤영

◇

우수
응모작

게코19는 두 눈을 부릅떴다. 지구에 도착하자마자 작은 무기조차 없이 기습이라니! 눈앞에서 거대한 구렁이가 입을 쩍 벌리고 버텼다. 게코19쯤은 한입에 거뜬히 삼킬 만큼 커다란 입속에 뾰족한 이빨이 무시무시하게 돋쳐 있었다. 헬멧에 내장된 수신기의 경고음이 뇌를 뒤흔들었지만, 게코19는 침착하게 구렁이를 주시할 따름이었다. 임무 지령이 메다우스의 언어로 게코19의 머릿속에 울렸다.

임무 1. 지구 괴물의 공격에 맞서라!

외계 괴물쯤이야 훈련할 때마다 수없이 해치웠으니 문제없었다.

'지구에서 맡는 첫 임무다. 어떻게든 혼자 힘으로 해내야 해!'

게코19는 메다우스 별 '은하영웅학교'를 28634기 수석으로 졸업하고 지구로 특파된 예비 은하영웅이다. 실전과 다름없는 훈련을 위해 4만5천 광년을 이동해서 지금 막 지구에 도착했다. 은하영웅학교는 은하계의 질서를 수호하는 완벽한 영웅을 길러 내기로 이름난 곳이다. '영웅은 혼자 일어선다'는 교훈이 말해 주듯이 메다우스에서는 아무리 어려운 일도 다른 개체의 도움 없이 스스로 이겨 내야 뛰어나다고 여겼다. 우주 생태계에서 생존하기 위해 가장 중요한 가치는 독립성이기 때문이다. 이 강력한 개체 독립성 훈련이야말로 메다우스에서 수만 년 동안 용맹한 은하영웅을 낳은 비결이었다. 게코19 역시 스스로 이 자리까지 왔다. 지구에 왔다고 해서 달라질 것은 없다.

구렁이의 약점을 탐색하던 게코19는 눈을 공격하기로 했다. 몸을 최대한 웅크린 채 결정적 일격을 노리던 순간이었다. 어디선가 낯선 언어가 들려왔다.

"훠이, 훠이! 이놈의 구렁이 썩 물러가라!"

지구인의 목소리가 메다우스 언어로 동시통역되어 게코19의 머릿속에 꽂혔다. 이 원시적인 집의 주인인 모양이다. 게코19가 착륙한 곳은 풀과 흙으로 세운 이 집의 처마 끝, 버려진 둥지 안이었다. 집주인은 기다란 작대기를 휘둘러서 구렁이를 쫓아냈다.

"안 돼! 내 첫 번째 임무란 말이다!"

필사적으로 외쳤지만 지구인에게는 지지배배 소리로 들릴 뿐이었다. 게코19는 구렁이를 쏘아보며 거칠게 날갯짓을 해 보였다. 물러서지 말고 덤비라는 뜻이었다. 하지만 집주인의 기세에 눌려 구렁이는 빠르게 꼬리를 감추었다. 동시에 수신기가 울렸다.

임무 실패!

게코19는 허탈한 나머지 그대로 주저앉았다. 아직 지구 중력에 익숙지 않아서 몸을 가누기 힘들었다. 몸이 떠오른다 싶더니 순식간에 둥지 밖으로 떨어지고 말았다. 실수였다. 우주복에 내장된 추진기를 미처 켜기도 전이었다.

'아차, 이럴 때 날개를 써야지!'

뒤늦게 날개를 퍼덕여 봤지만 소용없었다. 지구의 중력은 어마어마했다. 땅에 세게 부딪히는 순간, 우주복이 분자를 재배열하여 충격을 흡수해 주었다. 고체와 액체의 중간 물질인 틱소트라로 덮인 최첨단 우주복이었다. 슈트 형태의 우주복은 큰 부피임에도 몸에 착 붙고 가벼웠다. 지구의 중력 세기와 대기 구성에 최적화된 설계였다. 메다우스가 은하영웅학교에 지대하게 투자하고 있다는 증거였다. 이

최첨단 우주복이 예비 은하영웅에게도 동일하게 제공된다는 것은 큰 혜택이었다. 그러나 틱소트라 우주복으로도 역부족이었는지 날카로운 통증이 발목을 타고 올라왔다. 왼쪽 다리가 부러진 것이었다.

임무 2, 부상에 대처하라!

새로운 임무 지령과 경고음이 게코19의 머릿속을 휘저었다.

"이번에야말로 해내고 말겠어!"

게코19가 굳게 결심하고 날갯짓을 할 때였다. 집주인이 커다란 손으로 게코19를 감싸 들었다.

"쯧쯧, 제비가 다리를 다쳤구나. 다 잡아먹히고 혼자 남았구먼!"

제비. 그렇다. 지구인 눈에는 게코19가 제비로 보이는 것이 당연했다. 게코19가 입은 틱소트라 우주복은 지구 생물 가운데 비교적 작은 새 모양을 본떠서 만들었으니까. 검푸른 깃털 수만 개가 촘촘히 박힌 듯한 디자인과 날렵한 두 날개는 다름 아닌 제비의 모습이었다. 실제 제비와 비교해도 지구인의 눈으로는 구분하지 못할 정도였다.

제비는 농경 생활을 하는 지구인 가까이에서 공생하는 동물이다. 지구인에게 친근한 동물로 위장하면 은하영웅의 존재를 숨길 수 있다고 판단한 것이다. 그래서 게코19는 지구에서 제비로 위장한 채 지내야 했다. 은하영웅의 존재를 모르는 행성에서는 현지인에게 정체를 들키지 않는 것이 특파 대원이 지켜야 하는 규칙 1순위였기 때문이다. 은하계 전반에서 활약하는 은하영웅은 행성에 따라서 유명세를 치르기도 하고 비밀리에 활동하기도 했다. 게코19가 자원해서 온 지구는 은하영웅의 존재를 모르는 행성이었다.

제비가 지구인과 공생 관계라고는 하나 이토록 적극적인 도움을 받을 줄은 게코19도 몰랐다. '공생'은 메다우스를 포함한 은하계 대다수의 행성에서 흔치 않은 개념이다. 스스로 지키지 못한 개체와 종은 진화 과정에서 자연스럽게 탈락한다. 그러므로 생존을 위해 다른 개체와 도움을 주고받는다는 개념은 낯설 수밖에 없었다. 더구나 게코19는 개체 독립성이 강하기로 이름난 메다우스인이었다. 예비 은하영웅 게코19에게서 혼자 힘으로 일어설 기회를 빼앗아 간 집주인이 원망스러울 따름이었다.

지구인은 덩치가 상당히 컸다. 사전 조사를 통해 알고 있었지만 실제로 보니 괴상하기 짝이 없었다. 게코19 정도는 손바닥 위에 앉힐 수 있을 만큼 컸다. 집주인은 우렁우렁한 목소리로 말했다.

"복동아, 아까 만든 치자가루 반죽 좀 이리 다오."

집주인은 게코19의 다리를 이리저리 살피더니 제 아들

곁으로 데려갔다. 그러고는 멋대로 누런 반죽을 다리에 붙여 싸매 주었다. 위험했다. 지구의 낯선 물질은 자칫 독이 될 수도 있다. 하지만 지구인의 커다란 손아귀 안에서는 제아무리 은하영웅학교 28634기 수석 졸업생 게코19라도 옴짝달싹할 수 없었다. 그렇다고 현지인을 외계 괴물 상대하듯 공격할 수도 없는 노릇이었다.

어느새 어린 지구인 개체들이 여럿 몰려와서 게코19를 구경했다.

"아버지, 제비도 복동 형님처럼 다쳤사와요?"

"소자에게도 보여 주시어요."

사방에서 우렁우렁 지구인들의 목소리가 쏟아지자 게코19는 정신을 차릴 수 없었다. 아무리 어린 개체들이라도 게코19에게는 거인이었다. 그들은 몸부림치는 게코19의 몸을 앞다투어 쓰다듬었다. 수신기 알림이 게코19의 뇌를 야속하게 뒤흔들었다.

임무 실패!

게코19의 속내를 알 리 없는 집주인은 넉살 좋게 허허 웃었다.

"마침 복동이 발목에 붙이고 남은 약이 있어서 다행이지 무어냐."

게코19는 연달아 도움을 받은 것이 분하기만 했다. 메다우스에서는 이웃이나 동료에게 힘든 일이 닥쳤을 때 함부로 돕는 것은 잔인한 행동이었다. 스스로 성장하고 진화할수 있는 기회를 빼앗기 때문이었다.

'내 임무를 망쳐 놓고 이렇게 기뻐하다니! 이놈들은 악당이 틀림없다.'

복동이라는 어린 개체와 게코19의 눈이 마주쳤다. 다른어린 개체들과는 달리 복동은 게코19를 가만히 보기만 했다. 잠시 넋을 놓은 틈에 집주인은 게코19를 조심스럽게 들어 올려 둥지에 넣고 어린 개체들과 함께 사라졌다. 이 집의 스물네 형제 중 열아홉째 아들 복동만 혼자 남아 둥지를빤히 쳐다보았다. 복동도 게코19처럼 왼쪽 발목을 싸맨 채였다. 게코19는 둥지 주위를 떠나지 않는 복동을 호기심 어린 눈으로 내려다보았다. 복동은 게코19를 보며 하소연하듯 중얼거렸다.

"제비야, 넌 삼신할미의 심부름꾼이지? 삼신할미께 우리가족의 복을 빌어 주련? 항상 남을 돕는 아버지를 봐서라도 우리 식구들 배곯지만 않게 해 줍소사 여쭈어 다오."

복동은 한숨을 푹 쉬더니 절뚝거리며 뒤돌아 갔다. 게코19는 복동의 등 뒤에 대고 코웃음을 쳤다.

'복? 매사에 스스로 헤쳐 나갈 생각은 없군. 한심하고 나약한 지구인 같으니!'

게코19가 보기에는 남을 도울 힘으로 각 개체가 스스로 생존해 나가면 될 일이었다. 자신의 일을 제쳐 두고 남을 돕는 것은 곧 자신과 남을 모두 망치는 지름길이었다.

게코19는 둥지 구석에 있는 우주선으로 갔다. 제비 알 모양을 본뜬 선체는 둥글고 매끄러운 타원형 구체(球體)였다. 입구가 삐죽빼죽 깨진 듯이 쩍 갈라진 우주선 주위에는 제비의 것으로 짐작되는 지구 동물의 깃털이 나뒹굴었다.

게코19는 지구에 도착했다는 소식과 함께 짧은 시간에 경험한 여러 정보를 메다우스 아카이브로 전송했다. 행성에 대한 새로운 정보를 수집하는 것도 중요한 임무 중 하나였다. 그 밖에 특파 대원의 주요 훈련은 낯선 행성에서 무작위로 닥치는 임무를 수행해 내는 것이다. 돌발 상황에서 대처 능력을 평가하는 일종의 시험이다. 임무를 모두 마치면 정식으로 은하영웅이 될 자격을 얻게 된다.

게코19의 아버지 펠타08은 '특파 대원의 무덤'이라고 불리는 태양계의 작은 별인 지구에서 얼마간이라도 생존한 유일한 대원이었다. 아버지는 은하영웅학교의 전설로 남았다. 지구 시간으로 수년 전 실종되었기 때문이다.

"지구는 달라. 아주 특별한 별이야."

통신할 때마다 입버릇처럼 되뇌던 아버지의 말이 아직도 생생했다. 게코19는 한숨을 내쉬었다.

'아주 특별히 미개한 별이겠지.'

지구는 과학 기술 수준이 형편없는 별이었다. 게다가 은하영웅의 존재를 모르니 철저히 위장해야 했다. 어떤 위험한 일이 기다리고 있을지 몰랐다. 그런데도 게코19가 지구를 선택한 것은 아버지 때문이었다. 아버지의 실종은 의문투성이였다. 아버지는 역대 특파 대원 중에서도 최고 전력으로 주목받았다. 지구 환경에도 빠르게 적응했다. 그런데 난데없이 실종이라니……. 의문점을 쫓던 게코19는 지구에 대한 호기심이 점점 커졌다. 메다우스 아카이브에 소장 중인 지구에 대한 자료 중 80퍼센트 이상이 아버지 펠타08이 전송한 것이었다. 은하영웅학교를 졸업한 대원이라면 누구나 접근할 수 있는 자료였다. 이외에도 비공개 자료가 존재했다. 바로 마지막 통신에서 게코19에게 남긴 기록이었다.

지구의 지성체인 인류는 생태계에서 생존을 위해 서로 도움을 주고받는 것을 덕목으로 문명을 발전시켜 왔다.

다른 언질도 없이 이 기록뿐이었다. 도무지 믿을 수 없는 내용이었다. 메다우스에서는 도움이 악행이고 견제가 덕목이었으니까. 그렇게 의문만 남기고 펠타08의 소식은 끊겼다. 게코19는 이 기록을 비밀에 부쳤다. 검증도 없이 섣불리 공개됐다가는 비웃음을 살 게 뻔했기 때문이다.
"지구가 대체 뭐라고!"

게코19는 속이 탔다. 일단 지구라는 별에 발을 디뎠으니 아버지 실종의 비밀에 한 걸음 다가선 셈이었다. 우선 임무부터 완수해야 했다. '특파 대원의 무덤'인 지구에서 보란 듯이 은하영웅이 되어서 아버지가 남긴 기록을 검증해 내고 싶었다.

이튿날, 날이 밝자마자 게코19는 집주인의 동태를 살폈다. 세 번째 임무가 떨어졌기 때문이다.

임무 3. 지구 악당을 찾아내 처벌하라!

'악당'이라는 말에 게코19는 집주인을 떠올렸다. 지구에 와서 처음 만난 악당이었으니 말이다. 집주인이 일찌감치 집을 나서자 초정밀 근거리 추적기를 이용해 바짝 따라붙었다. 다리가 아직 욱신거렸지만 날갯짓하는 데 큰 지장은 없었다. 집주인이 붙여 준 정체 모를 연질 약물은 다행히 해로운 물질이 아니었다. 첫날부터 현지인의 도움을 받다니! 게코19는 입맛이 썼다.

그사이 집주인은 크고 으리으리한 집 앞에 도착했다. 한참 머뭇거리더니 대문을 열고 불쑥 들어갔다.

"형님, 아우 흥부가 왔사외다."

집주인의 이름은 흥부였다. 흥부는 아내까지 스물다섯 명이나 되는 식구들이 굶주리는 꼴을 보다 못해 형인 놀부에게 도움을 청할 셈이었다. 형수인 놀부 아내가 마침 부뚜막에서 밥을 푸고 있다가 흥부를 맞았다. 한눈에도 모질어 보이는 여인이었다. 아니나 다를까.

"형수님, 아내가 산달이 꼭 찼는데 변변히 먹지도 못했소. 조금만 도와……."

흥부의 말을 끝까지 듣지도 않고, 놀부 아내가 들고 있던 밥주걱으로 흥부의 뺨을 후려갈기는 게 아닌가! 게코19의 눈이 휘둥그레졌다.

'무척 모질구나! 이렇게 훌륭할 수가!'

게코19의 눈에는 놀부 아내의 매질이 흥부를 자립하도록 자극하는 행동으로 보였으니 말이다. 심지어 여성이었다! 게코19에게는 신선한 충격이었다. 메다우스에는 여성이 없다. 메다우스인은 단성 생식을 한다. 즉, 아버지와 어머니가 따로 없다. 아버지와 할아버지뿐, 어머니와 할머니는 없다. 당연히 게코19는 여성이라는 존재를 글로만 배웠다. 특히 지구의 여성에 대해서는 아버지가 수집한 자료로 익히고 흥부네 집에서 어린 여성 개체를 본 것이 전부였다. 지구 성인 여성의 강인한 태도가 게코19를 사로잡았다.

흥부는 며칠째 끼니도 챙기지 못한 터라 뺨에 붙은 밥풀을 떼어 입에 넣기 바빴다. 그걸 본 놀부 아내는 부지깽이를 집어 들고 흥부를 내쫓았다. 놀부도 한달음에 나와 흥부를 걷어찼다. 지켜보던 게코19의 입에서 감탄이 저절로 쏟아져 나왔다.

'놀랍군. 저 선인들이 흥부를 몹시 아끼는구나!'

게코19는 흥부를 쫓는 임무도 잊은 채 놀부의 생활을 지켜보고 마음 깊이 감탄했다. 놀부와 그 아내는 아우 흥부뿐 아니라 다른 이웃도 공평하게 곤경에 빠뜨리기를 진심으로 즐겼다. 이웃들의 반응으로 봐서는 지구인들은 놀부의 행동을 좋아하지 않는 듯했다. 어려움을 선사했는데도 기뻐하거나 고마워하는 사람이 없었다. 게코19의 눈에 지구인은 너무 인색했다.

게코19는 흥부 놀부 형제가 흥미로웠다. 한 핏줄인데 이렇게 다르다니, 지구인의 유전자가 놀랍기만 했다. 그러다가 기막힌 생각이 번득 스쳤다.

'놀부네 집에서 살아야겠다!'

흥부네 집에서는 도통 특파 대원의 임무를 수행할 수가 없었기 때문이다. 반대로 놀부네 집에서는 임무에 충실할 수 있을 것 같았다. 놀부처럼 상대방을 곤경에 빠뜨리기 좋아하는 '선인' 곁에 있으면 임무를 완수할 수 있을 테니 말이다. 놀부네 집으로 거점을 옮기려던 게코19는 문득, 임무 수행 중임을 떠올렸다. 게코19는 뒤늦게 악당 흥부의 뒤를 쫓았다. 추적기 레이더에 따르면 흥부는 관아에 있었다.

"아이고, 나 죽네! 아이고!"

흥부의 목소리를 따라서 게코19는 관아의 뒤뜰로 죽 날

아들었다. 흥부는 퍽 원시적인 형틀에 묶여 곤장을 맞고 있었다. 매품을 파는 것이었다. 범법자 몫의 형벌을 대신 받는 대가로 금전적 이득을 챙기는 일종의 불법 거래였다. 게코19는 기가 막혔다.

'지구의 사법 체계는 이토록 엉망이란 말인가?'

범죄자의 형벌은 마땅히 본인의 책임인데 대신 치르고 대가를 받는 거래라니! 흥부는 스스로 지독한 악당임을 증명하고 있었다. 게코19는 혀를 차며 흥부네 집으로 돌아갔다. 흥부를 처벌하기만 하면 이번 임무는 성공이었다. 마른 식물을 얼기설기 엮어 세운 울타리 문간에서 복동이 다리를 절룩이며 서성거렸다. 눈에는 눈물이 그렁그렁했다. 흥부가 매품 판다는 소식을 들은 모양이었다.

'나약해 빠진 인간!'

게코19는 어제 복동이 복을 빌던 모습을 떠올렸다. 떨쳐 내듯 도리질하며 둥지로 향했다.

이제 IDR7 캡슐을 사용할 차례였다. IDR7은 특파 대원에게 물품이나 무기를 공급하는 텔레포트 시스템이다. 추가 물자 조달은 초소형 우주선을 타고 외계 행성으로 이동하는 특파 대원에게 필수적이므로, 은하계 그 어떤 척박한 환경에서도 싹을 틔우는 최첨단 유전 공학의 결정체인 IDR7 시스템을 활용했다. IDR7 캡슐을 심으면 세 시간 만에 자라 열매를 맺는데, 그 안에다가 질량과 부피에 상관없이 무엇이든 넣어 텔레포트를 할 수 있다. 단, 심기 전에 무엇을 담을지 프로그래밍해야 한다. 게코19는 IDR7 시스템으로 악당 흥부에게 합당한 벌을 주기로 했다. 짧은 고민 끝에 IDR7 캡슐에 쌀이 끝없이 나오는 궤와 돈이 끝없이 나오는 궤를 프로그래밍했다. 쌀과 돈은 지구인들이 가장 탐내는 물질이었다.

'거저 얻은 재물만큼 사람을 망치기 딱 좋은 벌도 없지.'

때마침 이웃들의 부축을 받으면서 흥부가 나타났다. 맞은 몸을 겨우 가누며 비척거렸다.

"아버지!"

문간에 어울려 있던 흥부네 아이들이 아버지를 맞았다. 보아하니 매를 맞고서 돈도 받지 못한 모양이었다. 게코19는 흥부가 영 못마땅했다.

'악한 데다 어리석기까지! 어디 혼쭐나 봐라!'

게코19는 서둘러 IDR7 캡슐을 부리에 물고 지구인들 눈에 띄도록 흥부네 집 위를 날았다. 복동의 머리 위를 두어 바퀴 날다가 발치에 IDR7 캡슐을 떨어뜨렸다.

"제비 다리를 보시어요. 어제 그 제비여요!"

복동은 게코19를 보고 반가워했다.

"아버지, 박씨여요, 박씨!"

"제비가 박씨를 물어 오다니 상서로운 일이로다!"

흥부네 가족은 IDR7 캡슐을 지구 식물인 '박씨'라고 여기며 호들갑이었다. 아이들 몇이 발 빠르게 IDR7 캡슐을 토담 아래 심었다.

"박속으로 국을 끓이면 꿀맛이나니."

"박아, 어서 자라려마."

게코19가 임무에 성공했다고 믿고 메다우스 아카이브에 정보를 전송하고 있을 때 수신기가 요동쳤다.

임무 실패!

이유를 알 수 없었다.

'아직 IDR7 텔레포트가 완료되지 않은 건가?'

마침 IDR7이 주렁주렁 열매를 맺더니 흥부네 지붕을 완전히 뒤덮었다. 언뜻 지구 식물 박의 열매로 보였지만 두세 배는 컸다.

"임자, 이게 대체 무슨 일이오?"

"역시 보통 박씨가 아니었나 보오."

흥부와 아내는 노래하고 아이들은 춤추느라 오늘 안에 IDR7 열매를 다 켜지 못할 지경이었다. 조바심이 난 게코19는 원격으로 IDR7 열매를 열어서 텔레포트를 완료했다. 그래도 실패 알림은 그대로였다. 흥부네 가족이 열매 속 궤에서 쏟아져 나오는 쌀과 돈을 보며 기뻐할수록 게코19는 낭패감에 떨었다.

“제비야, 고맙다.”

복동이 둥지 아래 서서 게코19에게 말을 건넸다.

“네가 복을 빌어 주었지? 삼신할미께서 소원을 들어주신 게로구나!”

게코19는 삼신할미에 대한 정보를 떠올렸다. 요약하자면 삼신할미는 동방의 지구인들 사이에서 아이를 점지해 준다고 받들려 온 신이며, 지구인은 신과 관련한 여러 이야기를 만들어서 복을 빌며 위로하고 두려움을 극복해 왔다는 내용이었다.

메다우스에서 신은 고대 문화의 산물일 뿐이었다. 게코19는 졸지에 미개한 신의 심부름꾼이 된 처지가 한심했다.

“앞으로 더욱 이웃을 살피고 도우며 살련다. 지켜봐 다오.”

복동은 게코19를 향해 꾸벅 절하고 절룩이며 돌아갔다.

게코19는 지구인들이 ‘도움’을 가치 있게 여긴다는 아버지의 마지막 기록이 퍼뜩 떠올랐다.

……서로 도움을 주고받는 것을 덕목으로 문명을 발전시켜 왔다.

아버지가 남긴 정보 중에 가장 어이없는 지점이었다. 그런데 흥부와 놀부의 생활을 관찰할수록 그 말이 일리 있게 다가왔다. 그 정보가 사실이라면 은하영웅의 사명도 혼란스러워질 수밖에 없었다. 은하영웅의 사명은 단순했다. 악당에게 벌주고 선인에게 상 주는 것. 물론 해당 행성의 사법 체계에 따라 즉시 처벌할 수 있는 경우에는 은하영웅이 월권하지 않았다. 그러나 법망을 피해 악행을 일삼는 경우 즉, '괴물은 저놈 안 잡아가고 뭐 하나?' 할 때 은하영웅이 개입했다. 게코19는 자신 있었다. 악당과 선인의 구분도 명확했다. 여태까지는 그랬다. 하지만 지구는 달랐다. 아버지는 이 지점 때문에 실종된 것이 분명했다. 이것은 단순한 문제가 아니었다. 게코19는 메다우스 아카이브의 정보를 몇 번이고 되새기며, 무엇이든 지구의 기준으로 한 번 더 고려하는 과정을 거쳐야겠다고 다짐했다.

흥부네 가족이 놀부네 집보다 훨씬 으리으리한 새집으로 떠나는 것을 보면서 게코19는 흥부가 다리에 싸매 주었던 것을 시원하게 풀어 버렸다. 그러고는 계획대로 놀부네 집으로 갔다. 처마 밑 빈 둥지를 찾아들었을 때 다짜고짜 놀부가 게코19에게 달려들었다. 거대한 손아귀로 게코19를 잡아 누르더니 겨우 회복 중인 왼쪽 다리를 부러뜨리고 말았다. 놀부는 제 손으로 부러뜨린 다리를 대충 싸매서 게코19를 둥지로 되돌려 놓았다.

"제비야, 냉큼 박씨를 물어 오너라."

통증이 온몸을 관통했지만 게코19는 선물을 받은 기분이었다. 아픔은 내일의 자신을 한층 강하게 해 줄 것이다.

'역시 선인 놀부네 집에 오길 잘했군.'

게코19가 흡족해하고 있을 때 임무 알림이 울렸다.

임무 4. 지구 악당의 횡포를 막아라!

둥지 아래를 내다보니 복동이 느릿느릿 놀부네 집에 들어서고 있었다. 흥부에게 벌로 준 돈궤를 놀부에게 가져온 것이었다. 벌을 남에게 떠넘기려 하다니 그냥 두고 볼 수가 없었다. 선인 놀부가 돈벼락이라는 낭패를 당하기 일보 직전이었다. 게코19는 부러진 다리를 수습도 못 한 채 날아올랐다. 서로 다른 장소의 두 물체를 순간 이동시켜 바꾸는 멀티텔레포트를 시도할 작정이었다. 놀부가 궤를 받아서 열기 전에 돈을 다른 것과 바꿔야 했다.

"큰아버지, 복동이 문안드리나이다. 아버지 심부름으로 선물을 가져왔사옵니다."

복동의 손에 든 돈궤를 놀부가 채 가는 순간, 게코19는 온 힘을 쏟아부어 멀티텔레포트를 완료했다. 놀부가 궤를 열자 지구 괴물 구렁이가 똬리를 틀고 있었다. 놀부는 노발대발 호통을 치며 구렁이 궤와 복동을 내쳤다.

"네놈이 애비와 짜고 나를 놀리는 게렷다?"

기진맥진한 게코19의 머릿속에 수신기가 '임무 실패'를 알렸다.

‘또 실패라고? 설마……?’

게코19는 혼란스러워하면서도 멀티텔레포트를 시도해 복동이 든 궤 속의 구렁이를 다시 돈으로 바꿨다. 흥부 같은 악당의 집으로 상을 가져가게 둘 수는 없었다. 한꺼번에 에너지를 소모한 게코19는 정신을 잃고 대문 앞에 널브러졌다.

게코19는 흥부네 새집에서 정신이 들었다. 사랑방 안, 우묵하게 쌓은 볏짚 위에 편안히 누운 채였다. 부러진 다리도 제대로 싸매져 있었다. 놀부가 대충 싸매 둔 터라 게코19를 알아본 복동이 극진히 보살핀 덕이었다. 하지만 게코19는 그런 복동이 괘씸할 뿐이었다.

‘이 악당들이 사사건건 나를 방해하고 모욕하는구나!’

게코19가 부들거릴 때 밖에서 놀부의 호통 소리가 들려왔다.

“흥부 네 이놈! 감히 이 형님을 농락하였느냐? 박씨는 감감무소식이고 구렁이 궤는 또 웬 말이냐? 네가 거짓부렁을 한 것이 아니고 무어냐?”

때마침 게코19에게 임무 지령이 수신되었다.

임무 5. 선량한 지구인에게 포상하라!

게코19는 이번에야말로 임무에 성공하리라 결심했다.

놀부에게 큰 선물을 줄 생각으로 공들여 IDR7을 프로그래밍했다. 이번만큼은 자신 있었다. 지구인들의 기준으로도 당장 놀부 앞에서 쩔쩔매고 있는 흥부네 가족에게 도움이 될 테니까.

게코19는 놀부 눈앞에서 날다가 IDR7 캡슐을 떨어뜨렸다. 기뻐하는 흥부네 가족들을 거칠게 제치고 놀부가 박씨를 움킨 채 흥부네 집을 나섰다. 그제야 흥부네 가족들은 게코19에게 호들갑스럽게 인사했다.

"제비야, 고맙구나!"

"다치지 말고 오래오래 살아라!"

게코19는 전혀 기쁘지 않았다. 또 임무 실패였다.

'지구인들의 기준까지 고려한 판단이었는데 무엇이 문제인가?'

고민할 겨를도 없이 다음 지령이 떨어졌다.

임무 6. 지구 악당의 정체를 밝혀라!

그때였다. 흥부네 가족들은 아까보다 더 호들갑스러웠다.

"아버지, 어머니가……!"

"어서 산파를 모셔 오너라!"

흥부 아내의 출산이 임박한 것이다. 필요 이상으로 소란을 피우는 꼴이 우스웠다. 게코19는 의문이 드는 한편, 내심 설렜다. 아버지의 자료에도 지구인의 출산에 대한 정보는 없었다. 그만큼 지구는 알려지지 않은 행성이었다.

'운이 좋군. 지구인의 출산 현장에 있다니.'

게코19는 천천히 날며 시각 정보를 얻었다. 괴로워하는 흥부 아내가 조용한 방 하나를 차지했고, 방 주위로 온 가족이 모였다. 흥부네 아이들은 여느 때처럼 소란스럽지 않았다. 묘한 긴장감이 흘렀다. 어느새 산파라고 불리는 늙은 여성 개체가 허둥지둥 방으로 들어갔다. 흥부 가족들의 경계가 심해 게코19는 그 방으로 들어갈 수 없었다. 상황을 파악하기 위해 게코19는 음성 정보에 집중했다. 방 안에서 신음과 비명이 뒤엉켜 흘러나왔다.

"아악!"

흥부 아내는 당장 죽기라도 할 것처럼 소리를 내질렀다. 예상보다 훨씬 더 고통스러운 모양이었다. 가족들도 덩달아 괴로워하며 오랜 시간 주위를 지켰다. 메다우스에서도 유성 생식을 하는 생명체에 대해서는 익히 들었다. 하지만 이렇게까지 생사를 넘나드는 일인지는 미처 몰랐다.

게코19는 메다우스인의 생식과 번식 방법을 떠올렸다. 개체마다 정확한 시기는 다르지만 생식 연령에 이르면 아들을 낳아서 아버지가 된다. 태아를 감싼 알 모양 주머니가 입으로 빠져나오면 따뜻한 물속에 담가 놓는다. 몇 시간 뒤 주머니가 벌어지면서 아기가 태어나는 것이다. 물론 호흡

법을 바꾸는 아주 간단한 선택에 따라 번식하지 않을 수도 있다. 선택은 개인의 몫이지만, 사회적 합의에 따라 개체수를 조절하기도 했다. 출산 과정은 영양소를 섭취하고 소화하는 과정처럼 수월한 편이라서 오롯이 혼자서 감당하는 일이었다. 그러니 지구인의 출산은 게코19에게 큰 충격이었다.

'이래서 지구인은 서로 도와야만 살 수 있는 건가?'

게코19의 뇌리에 작은 깨달음의 싹이 텄다. 태어나는 과정부터 다른 개체의 도움을 받아야 하는 생물이라면 모여 살면서 서로 도움을 주고받는 게 당연할 터이다. 지속적인 생존을 위해서는 경쟁을 하면서도 서로 힘을 합해야만 할 것이다. 지구인의 집단성과 가치관은 생태계에서 생존하기 위한 생물학적 산물이었다. 게코19의 머릿속에 새로운 우주가 열렸다.

"지구는 달라. 아주 특별한 별이야."

아버지 펠타08이 강조하던 특별함이 무엇인지 알 것 같았다. 문서 자료와 탐사 정보가 일치하면서 깊고 강렬한 깨달음이 밀려왔다.

'그렇다면 흥부는 악당일 리 없다!'

게코19의 깨달음이 꽃피는 동안 방 안에서는 흥부 아내의 외마디 비명이 공기를 갈랐다.

"응애, 응애!"

갓 태어난 개체의 소리가 터져 나오자 흥부네 가족은 모두 한숨을 돌렸다. 이제 형제가 스물다섯이나 되는데 이들은 그저 기뻐했다. 개체의 생존만 생각한다면 형제들은 경쟁 대상일 수도 있는데 말이다. 결국 각 개체가 공존을 선택할 수 있도록 마음가짐을 단속하는 방법이 지구인의 사회 규범으로 적용되었을 것이다.

'공존을 저해하는 자가 악당이라면…… 설마 사람들을 괴롭히는 놀부가? 그러고 보니 내 다리도 일부러 부러뜨렸지! 그래, 악당은 놀부야!'

그때, 게코19의 머릿속에 경쾌한 알림이 울렸다.

축하, 임무 성공!

드디어 임무에 성공했다. 지구에 와서 처음 있는 일이었다. 게코19는 기쁘면서도 어리둥절했다. 익숙하고 당연했던 가치를 반대로 고려한다는 것은 혼란스러운 일이었다.

'진짜 악당인 놀부와도 더불어 살아가려는 것이 선인 흥부의 마음가짐이었군!'

충격의 여운이 가시지 않은 게코19의 시야에 복동이 들어왔다. 수 차례 게코19에게 도움을 주고 소통을 시도한 지구인 아이. 그것은 공격도, 모욕도 아닌 공생의 신호였다. 또다시 복동이 게코19에게 다가왔다.

"제비야, 모두 네 덕분이다. 우리 가족이 배곯을 걱정 없이 막내를 맞게 해 주었으니 분명 큰아버지께도 좋은 선물을 주었겠지? 네 덕에 이제 큰아버지 댁과도 의좋게 지내겠구나. 삼신할미께 감사 인사를 전해 다오."

게코19는 그제야 놀부에게 준 IDR7 캡슐을 떠올렸다. 도적 떼와 지구인의 배설물을 프로그래밍한 것이었다. IDR7 열매를 여는 순간, 놀부의 소유물을 쓸어 담아 블랙홀로 텔레포트할 예정이었다. 메다우스인에게는 더할 나위 없는 상이지만 지구인에게는 형벌이었다. 반대로 생각해 봐도 지구 기준으로 악질 놀부에게 합당한 벌이었다. 하지만 선량한 흥부에게 가족의 참사는 큰 괴로움일 것이다. IDR7 열매를 봉인해야 했다. 놀부를 막아야 했다.

임무 7. 실수를 만회하라!

임무 지령이 이렇게 반가울 수 없었다. 하지만 어떻게? 게코19는 평정심을 잃었다. 삼신할미가 실재한다면 빌고 싶은 심정이었다.

'그래, 삼신할미!'

게코19는 큰 결심을 했다. 실수를 바로잡기 위해 '현지인과 대화 금지' 규칙을 깨기로 한 것이다. 제비 소리 필터를 끄고 지구의 언어로 복동에게 말을 걸었다.

"복동아, 삼신할미의 심부름을 도와다오. 놀부를 막아야 하느니."

게코19의 입에서 거짓말이 막힘없이 나왔다. 욕심 많은 놀부에게 자비로운 삼신할미께서 시험을 내리셨고, 박을 타지 않으면 벌을 면할 수 있다는 이야기를 술술 지어냈다. 복동은 놀랄 겨를도 없이 게코19를 따라 놀부네 집으로 달려갔다. 아직 낫지 않은 발목 때문에 달음질해도 느리기만 했다. 어느덧 IDR7이 열매를 맺고도 남을 시간이었다.

게코19가 앞질러 날아가서 원격으로 IDR7 열매를 봉인했지만 소용없었다. 집채만 한 열매를 보고 입이 귀에 걸린 놀부는 서둘러 IDR7 열매를 가르기 시작했다. 하인들을 시켜 한꺼번에 서너 개씩 열매를 탔다.

"큰아버지, 박을 타시면 경을 치실 거여요!"

뒤따라 달려온 복동이 외쳤지만 이미 IDR7 열매가 열리고 도적 떼가 쏟아져 나온 뒤였다. 도적 떼는 값나가는 살림살이를 들쳐 메고 IDR7 열매 속으로 다시 들어갔다. 고스란히 블랙홀로 텔레포트하려는 것이었다. 혼비백산한 놀부 내외는 정수리를 바닥에 처박고 덜덜 떨었다. 그들은 게코19의 생각만큼 강인한 개체들이 아니었다. 알 수 없는 배신감이 몰려왔다.

곧 연달아 입을 연 IDR7 열매에서 누런 똥물이 넘쳐 놀부의 집을 쓸어 버렸다. 홍수처럼 밀려드는 역한 똥물이 복동마저 덮치려고 할 때였다. 게코19와 복동의 눈빛이 얽혔다. 오해만 하던 게코19를 먼저 돕고 오히려 고마워하던 아이, 심술 맞은 큰아버지를 도우려고 아픈 다리로 뛰던 아이. 복동은 그런 아이였다.

'영웅이라면 이 아이를 도와야 한다!'

게코19는 내장 추진기를 작동해 복동을 밀쳐 내고 대신 똥물에 휩쓸렸다.

"제비야, 안 돼!"

복동의 외침을 마지막으로 게코19는 무한한 어둠 속으로 빨려 들어갔다.

놀부네 집을 통째로 삼킨 IDR7 열매가 입을 닫자 아무 일도 없었던 것처럼 잠잠해졌다. 도적 떼와 똥물이 휩쓸고 간 놀부네 집터에는 놀부 내외와 복동만 남았다. 버선발로 달려온 흥부네 가족이 놀부 내외를 보듬어 안았다.

게코19는 어둠 속에서 눈을 떴다. 눈앞에 한 줄기 빛이 비치더니 순식간에 사위가 밝아졌다. 게코19는 영문도 모른 채 누워 있었다. 제비 외형의 틱소트라 우주복은 온데간데없이 맨몸이었다.

"임무 성공!"

메다우스 언어였다. 아버지의 목소리였다.

"아버지……?"

게코19의 아버지, 은하영웅학교의 전설, 수년 전에 실종된 펠타08이 게코19를 격하게 끌어안았다.

"자랑스럽구나, 내 아들!"

은하영웅들 사이에서 지구는 공생과 공존의 모범 사례로 꼽히는 별이었다. '도움'이라는 지구 인류의 덕목을 배우고 훈련하기 위한 둘도 없는 특파 코스였다.

"은하계에는 우리 메다우스와 가치관이 같은 행성만 있는 것은 아니란다. 그래서 은하영웅들은 큰 혼란과 시행착오를 겪었지."

은하계의 행성마다 가치관과 규범이 달라서 질서 유지에 애를 먹어 온 은하영웅들을 위해 '타문화 존중' 비밀 훈련을 비밀리에 운영해 온 것이었다. 펠타08은 이 과정을 무사히 마친 뒤 은하영웅이 되었고, 지구에서 비밀리에 활동하기 위해 실종으로 위장했다고 털어놓았다.

"네가 해낼 거라고 믿었다. 지구의 특별함을 찾아낼 거라고!"

특파된 게코19가 지구인들의 생존과 진화 경위를 깨닫고, 도움의 최고 경지인 '희생'을 실천하자 임무에 완벽하게 성공한 것이었다. 게다가 일곱 번째에서 임무를 완수해 특별 훈련 초단기 수료자가 되었다. '현지인과 대화 금지' 규칙을 깼지만 그들의 토속 신앙은 존중하면서 은하영웅의 정체를 숨긴 공도 인정받았다. 게코19의 활약 덕에 흥분과 복동의 후손들은 아직도 그때 일을 삼신할미의 심부름꾼인 제비의 보은으로 기억하고 있다.

아버지의 뒤를 이어 게코19도 전설이 되었다. 지구에서 은하영웅으로 비밀리에 활약하다가 '은하영웅학교 지구 분교'의 초대 사령관으로 임명된 것이다. '영웅은 함께 일어선다'는 교훈에 걸맞은 은하영웅들이 지구 생태계 곳곳에 숨어서 지금껏 활약하고 있다.

어느덧 21세기에 접어든 지구에서는 좀처럼 제비를 찾아보기 힘들어졌다. 기후와 환경 변화도 배제할 수 없는 요인이지만 더 큰 이유는 따로 있다. 이제 지구에도 경쟁 구조가 만연한 탓에 갈수록 예비 은하영웅들이 지구에서 훈련할 필요가 없어지고 있기 때문이다. 게코19의 뒤를 이을 수많은 예비 은하영웅을 다시금 특파할 날을 기다리며, 은하영웅학교는 지구를 지켜보고 있다.

조윤영 세상에는 마땅히 존중받아야 할 것들이 있습니다. 남에게 해를 끼치는 일만 아니라면 말입니다. 안타깝게도 판단 기준이 달라서 서로 몰이해하고 침범하는 일이 종종 있습니다. 상대에 따라서 존중하는 법이 달라진다면 그 방법을 배워 나가는 것도 이해와 배려의 일부라고 할 수 있습니다. 다양성과 존중은 인류가 더 나은 미래를 살아가기 위해 꼭 필요한 덕목입니다. 드넓은 우주에서 새로이 만나게 될 친구들과 더불어 살아갈 미래를 꿈꾸며, 이 작은 별 지구에서 하루하루 연습하는 마음으로 살고 싶습니다.

외계에서 온 박씨

달의
뒷면에서

나혜림

◊

우수
응모작

달이 치즈로 만들어졌다는 건 누구나 아는 사실이지!*

지금보다 더 어렸을 때, 달 조각을 크래커에 부드럽게 펴 바르는 모습을 TV에서 본 적 있다. 어찌나 먹음직스러워 보이던지!

닐 암스트롱이 인류 최초로 달에 발자국을 새겼다는 이 야기를 들었을 때 내가 처음 한 말도 이거였다.

"먹는 걸 밟으면 어떡해."

이제는 달이 치즈가 아니라는 것도 알고, TV에 나오는 게 죄다 사실은 아니라는 것도 알고, 현실과 상상을 구분할

---

* 〈월레스와 그로밋-화려한 외출〉(1989) 중에서 월레스의 대사

줄도 안다. 하지만 이 기묘한 남자애를 어떻게 받아들여야 할지는 통 알 수가 없다. 인류가 달의 뒷면을 보게 된 날, 훌쩍 내 앞에 나타난 이 남자애.

> 새로운 지평을 여는 소식입니다. 지난 1969년 아폴로 11호의 달 착륙 이래 50년 만에 인류가 달의 뒷면을 보게 되었는데요. 자세한 내용은…….

2019년 1월 4일. 중국에서 쏘아 올린 탐사선 '창어 4호'가 달의 뒷면에 착륙한 다음 날이었다. 나는 드라마 재방송을 기다리며 뉴스를 보고 있었다. 그런데 TV 화면에 길게 줄이 그어지며 아나운서의 얼굴이 찌그러졌다. 제멋대로 선 긋기를 하며 출연자 얼굴을 찌그러뜨리고, 채널을 겹쳐서 내보내는 건 우리 집 TV의 특기다. 케이블 신호가 약해서 그렇다는데, 정말로 약한 게 케이블 신호인지 주인이 세 번 바뀐 중고 TV인지는 모를 일이다. 늙은 TV의 약한 맥박을 따라 화면이 두근두근 뛰었다. 화면에 펼쳐진 회색 달 위로 낯익은 듯 낯선 얼굴이 어른거렸다. 음악 방송 채널에 나온 아이돌 얼굴이라도 겹쳐진 걸까?

"어휴, 또야."

말 안 듣는 TV의 등짝을 한 대 두드려 줄 참이었는데, 그 얼굴이 이내 화면 너머 내 코앞에 사람의 형태로 나타났다.

"으아악!"

누구라도 이렇게 소리 질렀을 것이다. 마술쇼 모자에서 토끼가 튀어나와도 놀라는데, TV에서 처음 보는 사람이 튀어나왔다면.

"환영해 주는 건 고마운데 그렇게 소리 지르면 내 귀가 아프잖아."

그 애가 말했다.

"너, 너, 너 뭐야? 지금 저기서 나온 거야?"

TV 화면엔 달의 뒷면이 넓게 펼쳐졌다.

인류가 처음 다다른 땅입니다.

아나운서가 흥분한 목소리로 말했다. 그 애는 TV를, 그러니까 TV 속 달을 보더니 다시 나를 보았다. 그러고는 싱긋 미소 지었다.

그 남자애 이름은 '새빛'이라고 했다. 말도 안 되는 자기소개를 마친 그 애는 전기장판 한가운데를 차지하고 앉아 나를 보며 눈을 끔뻑거렸다.

"2019년은 엄청 춥구나."

"그러니까, 이름은 새빛. 나이는 열여덟 살. 열여덟이면 고 2?"

162

“나 학교 안 다니는데⋯⋯.”

그 애가 생글생글 웃으며 내 말을 정정했다. 그러더니 고양이처럼 몸을 떨었다.

“추워⋯⋯.”

“1월이니까 춥지! 학교도 안 다닌다면서 옷은 그게 뭐야?”

내가 담요를 던지자 그 애는 냉큼 받아 몸을 감쌌다. 계절에 안 맞는 가을 교복만 덜렁 입고 온 그 애는 영 이상했지만, 적어도 나쁜 사람 같지는 않았다.

“엄마는 항상 옛날이 더 좋다고 그랬어. 따뜻했고 음식도 더 맛있었다고. 이렇게 추운데 따뜻하다니, 대단해. 엄마를 찾아오길 정말 잘했어!”

“엄마? 엄마라고? 엄마가 어디 있는데?”

“여기.”

날 가리키는 집게손가락.

내 뒤에는 벽이 있고 그 벽엔 소주 회사에서 나온 올해, 그러니까 2019년 달력이 붙어 있다. 식당에서 일하는 우리 엄마가 받아 온 거다. 달력 속에서 소주잔을 들고 여덟 개의 치아를 보이며 미소 짓는 모델이 아니라면 그 집게손가락이 가리키는 건 분명 나였다.

믿기 어려운 모습입니다. 50년 전 닐 암스트롱이 과연 이런 풍경을 상상이나…….

TV는 여전히 삭막한 흙바닥을 보여 주며 호들갑을 떨었다. 저건 진짜일까? 어떤 사람들은 아폴로 11호가 달에 가지 않았다고 믿는다던데.

사실 TV에서 하는 말을 죄다 믿기엔 이제 나는 너무 커버렸다. 하지만 때때로 현실은 TV에서 하는 말보다 비현실적이다. 지금처럼.

어쨌든 이 애의 자기소개를 종합하자면 이름은 내 이름 '빛나'에서 따왔고, 나보다 두 살 많았다. 게다가 내가 얘 엄마란다. 이상하다. 열여섯 살에게 열여덟 살짜리 아들이 있다는 거. 다시 생각해도 이상하다. 이 세상은 엄마들로 가득 차 있지만, 나는 아니다. 적어도 아직은.

"이상하지? 알아. 그런데 내가 좀 급해. 엄마가……. 아니, 네가 이해할 때까지 기다릴 시간이 없어. 시간 여행 규정 때문에 두 시간밖에 못 있거든."

새빛이 말했다. 나보다 두 살 많으니까 오빠라고 해야겠지만, 자기가 내 아들이라고 주장하는 판에 예의고 뭐고 그냥 이름을 불러도 되겠지.

"시간 여행? 아이고, 그러세요. 몇 년도에서 오셨는데요? 새빛 씨. 어쩌다 이 누추한 2019년까지 오셨어요?"

"누추한 건 괜찮은데 너무 추워. 이거 더 따뜻하게 할 수는 없어? 어휴, 의상 대여소에서 2019년의 십 대 옷을 빌린 것까지는 좋았는데 이렇게 추울 줄은 몰랐네."

와중에 정곡을 찔렸다. 사실 우리 집은 웃풍이 심해서 춥다. 게다가 보일러가 얼어서 고장이 난 터라 당분간은 전기장판만 써야 한다. 엄마, 아빠는 열심히 일한다. 하지만 우리 집은 항상 어딘가가 새고 있다. 그 틈새로 돈도 새어 나가는지 항상 부족하다. 그러니 언제 보일러를 고칠 수 있는지도 모를 일이다. 엄마 아빠가 말하는 '당분간'이란 올봄까지일 수도 있고, 여름일 수도 있고, 가을을 지나 다시 겨울이 시작될 때일 수도 있다. 이게 우리 집이다. 그런데 내가 이런 과거를 더 좋다고 말했다고? 따뜻하다고? 지금도 추운데 미래는 도대체 얼마나 더 춥다는 거지?

늘 새기만 하던 우리 집에 오늘은 뭐가 들어온 게 확실하다. 심지어 정신이 좀 이상한 것 같긴 하지만 허우대 멀쩡한 사람이!

"……엄마."

내 생각을 깨부수며 새빛이 말을 걸었다. 반사적으로 그 애를 쳐다보았다. 그러니까 그 애가 배시시 웃는다.

"놀라게 해서 미안. 근데 나 이번엔 사고 친 거 아니야. 아빠가 허락했어."

"그거 참 듣던 중 반가운 소리네. 그래. 내가 엄마라고 치자. 아빠는 어디 계시는데?"

"2055년에."

"하!"

"엄마가 나 혼낼 때 꼭 그런 소리 냈었는데……. 하!"

하! 이건 우리 엄마 버릇이기도 하다. 날 혼낼 때, 내가 하는 말에 속아 줄 때, 나를 웃길 때 내는 소리. 같은 '하!'여도 느낌은 다 다르다. 근데 이제 내가 그런다고?

"좋아, 내가 엄마라는 거지? 그럼 내 생일 말해 봐."

"5월 16일."

"몇 년도에 태어났는데?"

"2004년."

"너는 몇 년도에 태어났는데?"

"2037년."

"오늘은 며칠인데?"

"2019년 1월 4일 금요일."

"이번 주 로또 번호는?"

"몰라."

"뭐야, 미래에서 왔다며."

"그러는 엄마는 30년 전 로또 번호 알아?"

아, 이래서 사람이 역사 공부를 해야 하나 보다. 역사를 모르는 사람한테 미래는 없다더니. 내가 우물쭈물하니까 새빛이 웃는다.

"알아도 못 알려 줘. 서약서 썼거든."

"무슨 서약서?"

"시간 여행 약관 동의서랑 보안 서약서. 그걸 시간 여행 관리국에 제출해야 여행을 할 수 있어."

"그럼 타임머신은 어디 있는데?"

"타임머신 같은 건 필요 없어. 그런 게 있어도 내게 운전할 기회를 주지도 않겠지만. 이건 양자 역학에 따라 하나의 우주에서 다른 우주로 평행하게 이동하는 여행이야. 정해진 시간이 지나면 난 여기서 그냥 사라져. 내가 갑자기 나타난 것처럼, 오래된 냄새나 꿈처럼 흩어지는 거야. 일부러 애쓰지 않으면 날 기억하지도 못하게. 말하자면 난 여기 존재하는 것도 아니고, 존재하지 않는 것도 아닌 거지. 슈뢰딩거의 고양이랄까."

"고양이? 고양이도 데려왔어?"

"하!"

이번에는 새빛이 그 소리를 낸다. 날 닮았나?

"슈뢰딩거는 과학자 이름이야."

"그 과학자가 고양이 주인이야?"

"슈뢰딩거는 물리학자인데 양자적 중첩에 관해 이야기를 하면서 고양이를 예로 들어……. 잠깐만, 좀! 이걸 설명하러 온 게 아니란 말이야."

"그럼 도대체 뭘 하러 여기까지 온 건데?"

새빛은 내 물음에 대답은 하지 않고 한숨을 쉬며 벽에 기대어 앉았다. 입을 다물고 가만히 있으니 새빛의 얼굴이 더 잘 보였다. 피부는 뽀얗고 키도 크고 늘씬했다. 쌍꺼풀이 한쪽에만 진 눈은 나를 닮은 것도 같다. 내가 아빠한테서 물려받은 눈이다. 곱슬기 없는 참머리도 나랑 같다.

"우리 빛나가 날 닮아서 참머리지."

어렸을 때 엄마가 내 머리를 감겨 줄 때마다 했던 말이다. 그렇게 새빛한테서 내 흔적을 찾다가 그만 눈이 마주쳤다.

"엄마는 어려서부터 참머리였구나, 나처럼."

새빛은 마치 자기가 나한테 참머리를 물려준 양 말했다. 참머리라는 말까지 나한테서 물려받은 녀석이. 내가 새빛을 관찰한 것처럼, 새빛도 나를 관찰하고 있었다. 낯설지만 낯익은 얼굴이 신기했다. 이 애한테도 내가 그렇게 보일까?

내가 갓 태어났을 때, 엄마는 내가 그렇게 신기했다고 한다. 손가락 열 개, 발가락 열 개, 눈 두 개, 코 하나, 오물거리는 입술까지. 당연한 것들이 어쩜 그렇게 낯설고 신기했는지 몰랐다고. 내가 "그게 뭐야!" 하고 넘겼던 그 말이 이런 거였을까 싶다.

"너처럼이 아니라 네가 날 닮은 거겠지."

내 말에 새빛이 또 웃는다. 그러더니 웃음이 목구멍에 걸린 사람처럼 먹먹한 표정으로 입술을 꼭 깨문다.

"그때, 엄마한테 화내서 미안해. 이 말 하려고 왔어."

"응?"

"엄마가 달 여행 패키지 상품 샀다고 했을 때, 안 간다고 고집 부려서 미안해. 달에 볼 거 하나도 없다고 말한 것도, 달이 치즈로 되어 있다는 이야기를 시시하다고 한 것도. 다 미안해. 그리고……."

"야, 야, 잠깐만."

달이 치즈로 되어 있다는 이야기는 분명 내가 했을 법한 말이다. 말도 안 되지만 이 아이가 미래에서 왔다는 게 점점 믿어진다. 내 아들이란 것도, 그럴 수 있을 거라는 생각이 든다. 그러나 나는 겪지도 않았고 당연히 기억도 못 하는 일이다. 빌려준 적 없는 돈을 돌려받는 기분인데 뭐가 그리 미안한지, 새빛은 계속 미안하다고 한다.

"내가 달 여행을 간다고? 저기를?"

TV 속 건조하고 삭막한 회색 땅. 앞면, 뒷면, 바다, 계수나무를 패키지로 찍었다고? 내가? 그런데 새빛은 대답이 없다.

"야, 묻잖아. 나 저기 갔냐니까?"

새빛은 한참을 머뭇거리더니 겨우 입을 열었다.

"못 알려 줘."

"왜?"

"서약서 썼다고 했잖아."

"하! 참 나. 어차피 내 일인데 왜 못 알려 주겠다는 거야?

그럼 난? 난 좋은 엄마야? 멋있는 어른이니?"

이번에도 새빛은 말이 없다. 아깐 그렇게 말이 많더니! 답답하다.

"그럼 이건? 내 남편, 그러니까 네 아빠는 어떤 사람이야?"

"그냥…… 그래."

겨우 나온 대답이란 게 '그냥'이다. 미래에서 왔다면서 아무 설명도 해 주질 않는다.

"세상에 그냥 그런 사람이 어디 있어."

"난 잘 몰라. 아빠랑은 좀…… 어색해."

"왜? 뭐가 어색한데?"

"그냥……."

"왜, 또 그냥 그래?"

"좀……. 사고가 있었어."

"무슨 사고?"

"로켓 사고."

"로켓 사고?"

"내가 운전하던 로켓에 좀 문제가 있었어. 그래서……."

"그래서?"

"그래서…… 그것도 미안해, 엄마."

"넌 뭐가 그렇게 미안한 게 많냐? 우리 엄마가 그랬는데, 엄마한테는 미안한 게 아니래."

엄마가 그랬다. 엄마는 뭐든 다 안다고, 미안하다고 말하지 않아도 그 마음까지 다 아는 게 엄마라고. 나한테 참머리를 물려준 엄마가 그렇게 말할 때, 나한테 짝짝이 쌍꺼풀을 물려준 아빠는 "그럼, 부모란 그런 거지." 하면서 고개를 끄덕였다. 내가 그 마음까지 물려받았는지는 잘 모르겠지만 그랬으면 좋겠다.

"너희 아빠는 왜 안 오셨어? 시간 여행을 하는 김에 두 사람이 같이 와서 날 만나면 좋잖아. 그럼 나까지 셋. 완벽한 가족 여행인데……."

"아빠는 못 해. 시간 여행은 내가 존재하지 않는 시간대로만 할 수 있어. 시간 여행 관리국에서 정한 규칙이 그래. 시간 여행을 했는데 거기 또 내가 있으면 안 되니까. 그럼 타임 패러독스가 생기거든. '할아버지 패러독스'도 있을 수 있지만……."

"할아버지 뭐? 그건 또 뭐야?"

"할아버지 패러독스는 원인과 결과를 바꿀 수 없다는 인과율의 법칙을 말해. 시간 여행을 가서 할아버지를 없애 버리면 안 되잖아. 히틀러의 증손주가 시간 여행을 해서 히틀러를 없애려고 한 적이 있었거든."

"히익!"

"걱정 마, 실패했어. 성공했으면 더 좋았을 거라는 말도 있었지만 난 잘 모르겠어. 어차피 바꿀 수 있는 건 하나도 없는걸. 아빠도 오고 싶어 했어. 하지만 백 장이 넘는 서약서를 썼는데도 결국 거절당했어. 어차피 두 사람 몫의 여행비를 감당하기도 힘들 거야. 겨우 두 시간뿐인데도 돈이 많이 들거든. 그냥 많이 드는 정도가 아니라 우라지게 많이. 물론 아빠가 시간 여행 개발자여서 할인이 되긴 하지만, 그렇다고 해서 보험료나 수수료를 아예 안 내는 건 아니라⋯⋯."

"그러니까 이 시간대 어딘가에 내 남편이 있다는 거지? 와!"

내가 감탄하니까 새빛이 다시 웃는다. 웃는 모습이 예쁘다. 뭐라 설명하기는 어렵지만 이 애가 웃는 게 좋다.

"몸은 좀 녹았어? 이제 안 추워?"

"응. 하나도 안 추워. 엄청 따뜻해. 엄마는 항상 옛날이 더 좋다고 그랬어. 따뜻했고 음식도 더 맛있었다고. 이제 알겠어."

음식⋯⋯. 그러고 보니까 좀 배가 고프다. 보통은 엄마가 퇴근하고 오면 같이 저녁을 먹는데 오늘은 먼저 먹어도 되겠지. 오늘은 보통 날이 아니잖아. 인류가 달의 뒷면에 발을 디딘 아주 특별한 날인 동시에, 미래에서 온 내 아들 새빛을 만난 날이니까.

착륙선 창어 4호와 탐사선 옥토끼 2호는 기온이 급격히 떨어지는

172

달의 밤에 동면을 취하고, 햇빛이 비추는 낮에 활동을 재개합니다. 자체 원자력 전지를 주로 사용하지만 태양광 충전도……,

TV에선 창어 4호가 태양 전지를 펼쳐 허기를 채우는 모습이 나왔다. 거봐, 우주선도 먹는데 나도 먹어야지. 그리고……. 새빛도.

"너 온 김에 2019년 맛 좀 볼래?"

"어?"

"할 수 있는 건 라면밖에 없지만 춥고 배고픈 손님을 그냥 보낼 수 없지."

"배고프진 않은데……."

"사실 내가 배고파."

"뭐야."

새빛이 다시 웃었다.

냄비에 물을 올리고 선반에서 라면을 꺼냈다. 새빛은 어느새 내 뒤로 와서 어슬렁거렸다.

"와! 이게 그 가스레인지구나. 이건 옛날 라면이고. 영상에서 본 적 있어."

"2055년에는 이런 거 없어?"

"비슷한 게 있긴 한데……. 엄마는 옛날 라면이 더 맛있다고 그랬어. 한 입 먹어 보면 알겠지, 뭐."

"라면엔 '한 입'이라는 게 없거든?"

다 끓인 라면을 상에 놓고 새빛과 나는 마주 앉았다. 모락모락 김이 올라오는 라면에 체더치즈를 얹었다. 나 혼자 먹을 땐 아까워 반 장만 넣는데 오늘은 한 장 다 넣었다.

"자, 라면에 달도 한 조각."

새빛이 킬킬거린다. 완벽한 손님 대접이다. 아니, 손님이 아니라 가족인가? 뭐 어때. 가족이라는 말이 어색하지만 나쁘지는 않았다.

"먹어 봐."

내 말에 새빛은 크게 한 젓가락 집어 들더니 한 입에 넣었다. 그러고는 말이 없다.

"어때? 맛없어?"

"……."

"여보세요? 저기요? 맛이 있냐고, 없냐고. 먹었으면 말을 좀 해."

"정말……. 맛있어."

"응?"

"진짜 맛있어. 라면은 진짜 옛날 게 더 맛있구나. 맛이 엄청 깊네."

"내가 끓여서 그래."

그러거나 말거나, 새빛은 두 번째 한 입을 젓가락으로 말아서 들었다.

174

"야! 그렇게 다 가져가면 어떡해?"

"엄마 넌 또 먹을 수 있잖아. 난 지금만 맛볼 수 있단 말이야."

"더 먹으려면 다시 끓여야 하잖아. 귀찮게!"

"다시 끓이면 되지."

새빛이 나한테 혀를 쏙 내밀더니 보란 듯이 면 치기를 했다. 이제 냄비엔 거의 국물만 남았다. 국물 위에 떠 있는 노란 달 조각들이 기름띠를 만들었다. 뻐끔거리는 구멍 모양이 진짜 달 크레이터 같았다.

"하!"

괜히 웃음이 났다. 그러니까 새빛도 웃는다. 기분 좋은 웃음이다. 그런데 이상하게 그 웃음에 마음 한쪽이 저릿해졌다.

"너……. 라면 좀 가져갈래?"

"아니. 그러면 돈 들어."

"내가 그냥 줄게. 돈 안 내도……."

"그게 아니라, 시간 여행 관리국에 돈 내야 해. 여기의 그…… 공항 세관이란 데서 하는 것처럼. 무슨 말인지 알겠지?"

난 비행기를 한 번도 안 타 봤고 공항에 가 본 적도 없지만 그냥 고개를 끄덕였다.

"여기서 뭔가를 가지고 가면 시간 여행 관리국에서 그걸 검사해. 위험한 물건인지, 살아 있는 건지, 미래나 과거에 심각한 영향을 끼치지는 않는지. 아무 위험이 없다고 밝혀지면 가지고 갈 수 있게 해 주는데 돈을 또 우라지게 내야 해."

"내가 너 준다는데 왜 그 사람들이 돈을 받아?"

"역사적으로 소금이나 담배, 술을 정부에서 관리해 온 거랑 똑같아. 정부의 주 수입원인 셈이지."

아. 또 뭔 말인지 모르겠다. 공부 좀 할걸.

"아빠한테 내 달라고 하면 안 돼? 네가 먹는다고 하면 너희 아빠도……."

"안 돼."

새빛이 단호하게 말했다.

"아빠한테는 부탁 못 해. 부탁하는 건 이번 여행으로 끝이야."

"부탁 좀 하는 게 뭐 어때서? 아빤데."

"못 해. 아빠는……. 아빠는 나 때문에……."

"너 때문에 뭐?"

"엄마는 몰라."

새빛이 입을 꾹 다물었다. 다짜고짜 나타나서 앞뒤 안 맞는 이야기만 늘어놓더니 이젠 삐치기까지 한다. 정말 어이가 없다.

"그래. 내가 뭘 알겠니, 아들아. '엄마는 아무것도 모르면

서!' 내 나이 열여섯 살에 그 말을 들을 줄은 몰랐네. 나 4학
년 때 딱 한 번 그 소리 엄마한테 한 적 있는데. 미안해요,
엄마!"

내가 허공에 대고 사과를 하자 새빛이 웃는다.

"왜? 왜 그런 말을 했어, 할머니한테?"

"스카우트 하고 싶었는데 엄마가 돈 없다고 하지 말라고
해서."

"스카우트?"

"그게 뭐라고. 바보 같은 유니폼에, 바보 같은 선서에⋯⋯."

더 바보 같았던 건 나만 그 바보 같은 모임에 낄 수 없었
다는 거였지만.

"빛나야, 미안. 갑자기 스카우트 봉사 활동이 생겨서 오늘 집에
같이 못 갈 것 같아."
"응. 괜찮아."

똑같은 옷을 입은 애들이 자기들만 아는 시간을 보내는
동안 혼자 걷던 하굣길. 사실은 하나도 괜찮지 않았다. 집
에 오는 길은 공기의 맛조차 씁쓸했다.

"엄마는 아무것도 모르면서!"라는 내 말에 아무 대꾸도
못 하던 엄마를 보며 생각했다. 내가 결혼해서 자식을 낳으

면 스카우트든 아람단이든, 우주 소년단이든 다 시켜 줘야지. 옷장에 바보 같은 유니폼을 종류별로 채워 줄 거야. 그런데 정작 새빛은 스카우트가 뭔지 모르는 것 같다.

"2055년엔 스카우트가 없어?"

"몰라, 처음 들어. 내가 학교에 안 가서 모르는 걸 수도 있지만."

"거봐, 미래에서 온 너도 모르는 게 있네. 이번 주 로또 번호도 모르고 스카우트가 뭔지도 모르고. 슈뢰딩거 씨의 고양이가 뭐 어쨌다고 아는 척해도, 네가 아는 게 세상의 전부가 아닐 수 있어. 우리는 달의 한 면만 볼 수 있잖아. 이제 겨우 뒷면에 탐사선을 보냈는데, 거기 끝내주게 좋은 게 있을지 누가 알겠어? 그러니까 할 수 있는 건 해. 아빠한테 부탁도 하고, 졸라도 보고, 떼도 써 보고, 그리고 뭐…… 쫄리면 미안하다고 해. 근데 엄마 아빠는 네가 미안하다고 말 안 해도 그 마음까지 다 알 거야. 그게 엄마 아빠니까."

"나 때문에 달 여행 못 갔는데, 그래도?"

"결국 못 간 거야, 나? 하긴, 해외여행도 못 가 봤는데 뭐. 괜찮아."

"……."

"야, 진짜 괜찮다니까?"

새빛이 또 입술을 깨문다. 진짜 정말 괜찮은데…….

"아빠는 안 괜찮았어."

이건 또 무슨 소리야.

"아빠는 날 미워해. 내가 엄마를……."

새빛이 다시 울 것 같은 표정을 지었다.

"엄마는 몰라."

또 나왔다. '엄마는 아무것도 모르면서.' 넌 뭘 그렇게 잘 아냐고 따질 수도 있는데, 이상하게 말을 삼키게 된다. 버릇없는 내 말에 아무 대꾸도 않던 우리 엄마처럼.

"시간 여행 하려면 돈 많이 든다며. 그냥 많이 드는 것도 아니고 우라지게 많이 든다며. 그런데 너희 아빠는 너한테 그걸 해 줬잖아. 오늘 별것도 안 했어. 널 알지도 못하는 엄마랑 라면 하나 나눠 먹었지. 우리 선생님이 그랬는데 워런 버핏과의 저녁 식사가 경매에서 22억에 팔렸대. 그 정도는 아니더라도 나랑 라면 하나 먹는데 너희 아빠가 돈을 그렇게 많이 쓴 이유가 뭐겠냐고."

"……."

"애들은 정말 아무것도 모른다니까."

와! 나 우리 엄마처럼 말하고 있네!

"그래, 난 몰라. 난 못 해. 내가 그렇다면 그런 거야. 엄마는 아빠 만난 적도 없잖아."

새빛이 계속 떼쓰듯 말했다.

"그러면 이건 어때? 미래에서 과거로 물건을 보낼 수도 있나? 시간 여행 관리국에서 그것도 금지해? 과거에 기념품을 놓고 오고 싶을 수도 있잖아. 타임캡슐을 묻는 것처럼. 아니면 관광지에 낙서를 하는 것처럼. 물론 낙서는 하면 안 되지만……. 닐 암스트롱도 달에 발자국 남기고 깃발 꽂았는데 뭐. 닐 암스트롱, 센스 하고는. 기왕 남길 거면 하트 정도는 박아 줘야지 겨우 발자국이 뭐야."

"안 돼. 원래는 이렇게 과거 사람에게 미래를 스포하는 것도 안 되지만……. 그래도 사람의 뇌는 자기가 가진 규칙에 맞게 기억을 수정하거든. '미래에서 온 사람을 만났던 것 같은데, 꿈이었나 봐.' 이런 식으로. 안 그러면 패러독스, 모순이 생기니까. 기억을 규칙에 끼워 맞추는 거지. 하지만 물건은 절대 안 돼. 물건은 증거가 되거든. 게다가 미래를 완전히 바꿔 버릴 수도 있잖아. 난 엄마한테 로또 번호 못 알려 줘. 시험지 답안을 구해다 줄 수도 없고. 어떤 야구팀이 이기는지도 말하면 안 돼. 하지만……. 어쩌면 아빠라면, 조금 편법을……."

갑자기 새빛의 목소리가 잦아들었다. 모습도 뿌옇게 흐려졌다.

"너……."

나는 눈을 깜빡이다 파드득 놀라 몸을 일으켰다.

"몇 시간이라고 했지?"

"어?"

"시간 여행. 아까 몇 시간이라고……."

새빛은 내 표정을 보고 제 두 손을 내려다보더니 다시 나를 보았다. 이제 새빛은 5년 전, 10년 전에 인화한 옛날 사진 속 얼굴 같았다. 햇볕에 바래 버린 듯 뿌연 얼굴.

"아……. 안 돼."

새빛이 속삭였다.

"안 돼. 아직은 안 돼."

새빛의 눈에 눈물이 차오르더니 기어코 뺨을 타고 흘러내렸다.

"못 한 말이 아직 많은데."

툭, 떨어진 눈물이 라면을 받친 상에 고였다.

"옛날은…… 시간이 더 빨리 가나 봐. 너무 빨라……."

속삭이는 목소리조차 뚝뚝 끊어졌다.

"오지…… 말걸. 아빠는 왜 이걸 허락해서……."

새빛이 날 잡으려는 듯 손을 뻗었다. 하지만 새빛의 손은 공기가 스치듯 내 손등에 가벼운 감각만 남기고 사라졌다. 내가 잡으려 해도 마찬가지였다. 손바람이 냄새를 흩어지게 하듯 오히려 새빛을 더 빨리 사라지게 하는 것 같았다. 이제 새빛의 목소리도 들리지 않는다. 그 애가 뭐라고 뻐끔거리는데…….

"뭐라고?"

"넌 좋은 엄마야. 시간을 ……만큼."

가지 마.

이대로 내 기억에만 남지 마. 상상이 되어 버리지 마. 흔적이라도 남겨 줘. 아주 작은 거라도.

"돌 하나만이라도!"

새빛이 흩어져 버리기 직전이었다.

"달 여행 패키지, 샀는데 못 갔다며. 너라도 가. 가서 나한테 기념품을 하나 보내. 아빠라면 해 줄 거야. 아빠니까. 아빠한테 부탁해 봐. 그래서……."

사라졌다, 완전히.

"나 대신 달에 가 줘."

새빛에게 닿았을까?

……다섯 시 뉴스를 마칩니다. 시청해 주셔서 감사합니다.

뉴스는 끝났고, TV 속 달은 저물었다.

남은 건 5로 올려진 전기장판, 이제는 식어 버린 냄비를 받친 상, 마주 보며 놓인 젓가락과 접시, 그 사이에 작고 둥글게 고인 물.

새빛의 눈물이었다.

"빛나야! 엄마 왔다! 오늘 식당 소독한다고 좀 빨리 보내 주네."

평소보다 조금 일찍 퇴근한 엄마가 문을 열고 안으로 들어왔다.

"친구 왔었니?"

엄마는 라면 냄비 하나를 사이에 두고 내 맞은편에 놓인 젓가락과 접시를 보며 물었다. 나는 엄마에게 다가가 안겼다. 엄마한테서 좋은 냄새가 났다. 2019년 1월의 서늘한 공기. 사각거리는 옷 너머로 전해지는 살냄새. 순간에 푹 절였다 꺼낸 현재의 체취. 엄마는 한 손으로 내 머리를, 다른 한 손으로는 내 등을 감쌌다.

"왜 그래, 딸? 무슨 일 있었어? 친구랑 라면 먹다가 싸우기라도 했어?"

엄마가 말을 하자 맞닿은 가슴을 타고 부드러운 떨림이 나에게 전해졌다.

"아뇨. 아무도 안 왔어요. 아무 일도 없었어요."

나는 거짓말을 했다. 엄마는 아무것도 모르니까. 하지만 또 뭐든지 다 아니까. 엄마는 내가 이상하다는 걸 알지만 그냥 넘어가 주었다. 내가 그랬던 것처럼.

인류 사상 최초로 달 뒷면에 발을 디딘 중국 탐사선 창어 4호에 대한 소식을 어제 전해 드렸는데요. 오늘 창어 4호에서 로버인 옥토끼 2호가 분리되었습니다. 옥토끼 2호는 달의 극한 고온에 견디는 테스트를 위해 어제 4일……,

다음 날, 뉴스를 보는데 TV 화면이 또 한 번 길게 갈라졌다. 화들짝 놀라 몸을 일으켰지만 아른거리는 실루엣 같은 건 없었다. 화면에 겹쳐 보이는 얼굴도 없었다. 그저 우리 집 오래된 TV의 장기자랑일 뿐이었다. 실망해서 고개를 돌리는데 받침대에서 뭔가가 굴러 떨어졌다.

돌 하나.
하지만 그냥 돌이 아니었다.

아빠♡나♡엄마. 가족 여행 기념. 2055년 5월 16일.

달이었다. 누군가가 날 위해 따 온 달.

다음은 중국국가항천국 사이트에 게재된 달의 뒷면 탐사 사진입니다. 창어 4호에서 분리된 로버, 옥토끼 2호가 긴 발자국을 남기며 앞으로 나아가고 있습니다. 커다란 구덩이가 있는 달 표면 위로 창어 4호와 옥토끼 2호의 그림자도 보입니다······.

TV 화면 한가득 달의 뒷면이 펼쳐진다. 로버가 나아가는 방향으로 빛을 비추며 지평이 환하게 열리는데, 와! 정말 볼 게 하나도 없다. 왜 새빛이 가기 싫다고 했는지 알겠어.

하지만……. 그래도 아름다웠다. 달의 뒷면은 태양 빛을 잔뜩 머금은 만월의 달만큼 찬란했다. 새빛이 닿은 땅이니까.

"거봐, 내 말이 맞지?"

가길 잘했잖아.

건조하고 삭막한 회색 땅이라도 거긴 내 미래였다. 미래의 난 과거가 더 좋았다고 말했다지만 네 덕분에 지금의 난 미래를 기대하게 됐잖아. 그러니까 미안해하지 않았으면 좋겠어.

머금은 체온이 아직 가시지 않았는지 돌의 표면이 따뜻했다. 따뜻한 달 조각에 입술을 대자 아릿한 치즈 맛이 났다.

나혜림　　사랑하는 사람에게 마음을 고백하면서 종종 쓰는 표현 중에 '별도 달도 따 줄게.'가 있습니다. 1980년대 스타일이라고 코웃음 칠 수도 있지만 저는 좋아해요. '클래식은 영원하다.'라는 말처럼, 마음을 표현하는 데 달을 써먹는 건 조금 진부하지만 실패하지도 않거요. 누군가 저를 위해 달을 따 온다면 통 솔직하지 못한 저는 (역시 클래식하게) '아이구, 집에 둘 데도 없는데. 다시 제 자리에 갖다 놔.'라고 하겠지요. 하지만 달을 볼 때마다 내심 그 사람을 생각하며 기쁠 거예요. 당신은 어떨 것 같나요? 누군가 당신을 위해 달을 따 온다면, 누구도 닿은 적 없는 달의 뒷면을 손바닥으로 쓸어내리며…… 당신은 어떤 생각을 할 것 같나요?

여름이,
옵니까?

임성은

◇

우수
응모작

여름을 처음 만난 곳은 사무실이었습니다.

여름은 칙칙하고 적막한 사무실에서 민철과 꽤나 오랜 시간 대화를 나누었어요. 단정하게 차려입은 셔츠와 검정 바지에 지저분한 긴 곱슬머리. 부조화, 그게 여름의 첫인상이었습니다. 여름은 연신 셔츠를 바지 안쪽으로 밀어 넣으며 옷매무새를 고쳤습니다. 겉보기에는 민철에게 집중한 듯했지만 시선은 다른 곳을 향해 있었어요.

[어휴 지저분해. 머리 좀 빗고 오지.]

여름이 느닷없이 기침을 하기 시작했습니다. 긴장한 나머지 침을 잘못 삼킨 모양이었어요. 그래도 묻는 말에 대답은 잘하더군요. 그에 비해 민철은 꽤나 진지하고 무게감 있는 모습으로 여름을 대했어요. 하지만 오랜 기간 민철을 봐

온 나는 알 수 있었습니다. 지금 민철은 어서 빨리 시간이 흐르길 바란다는걸요. 퇴근 시간이 얼마 남지 않았거든요. 드디어 여름의 이력서 마지막 장입니다. 그런데 생각과는 달리 민철의 얼굴이 딱딱하게 변했어요. 처음으로 집중을 하고 있다는 뜻이었죠.

"추천서에 전 직장에서 자살 소동을 벌였다고 쓰여 있네요?"

민철의 입에서 나온 자살 소동이라는 말에 여름은 처음으로 민철을 똑바로 쳐다보았습니다.

"그렇게 쓰여 있습니까?"

"숨기려 했어요?"

"아니, 그게 아니라."

여름은 시선을 피하며 곤란하다는 듯 뒷머리를 벅벅 긁었어요.

[저렇게 긁으면 아플 텐데.]

그러자 여름이 나를 보았어요.

내가 누구냐면요. 나는 박민철의, 어머니의, 친구분의, 지인이 '쓱쓱싹싹박박민철' 청소 회사를 차린 기념으로 박민철 씨에게 보낸 화초 '스투키'입니다. 여름은 화초인 나를 감상하는 시선이 아니라, 내 말을 듣기라도 한 듯 집중하며 바라봤습니다. 이상한 일이죠.

[안녕하세요.]

나는 인사를 건네 봤습니다. 그때 여름이 나를 향해 목례를 했어요! 그리고 나를 보면서 민철에게 말했어요.

"어떤 순간이 오면 말이죠. 고글과 마스크를 벗고 싶다는 생각이 들어요."

지금은 극심한 대기 오염으로 고글과 마스크 없이는 숨을 쉴 수 없는 상황입니다. 그런데 벗고 싶다니요.

"그게 바로 자살행위예요."

여름은 양손을 내저으며 말했습니다.

"아니요. 세상을 등지려는 게 아니라 살고 싶어서, 고글도 마스크도 벗어 버리고 싶을 때가 온다고요. 그런 걸 소위 해방이라고 부릅니다."

"누가 그렇게 부르는데요?"

"저요."

민철은 비웃음을 숨기지 않았습니다.

"임여름 씨, 나랑 겨우 네 살 차이예요. 내가 임여름 씨 나이엔 왜 그런 해방을 생각하지 않았을까요?"

"나이랑은 상관없어요."

"나이랑 상관이 없으면 뭐랑 있는데요?"

민철은 계속해서 여름의 말을 비꼬았어요.

[무시해요.]

"그럴 겁니다."

여름이 나를 향해 대답했습니다.

"네?"

"그쪽한테 한 말 아니에요. 그리고 딱 봐도."

여름이 의자에 등을 기댄 채 말했습니다.

"박민철 씨에겐 그런 해방의 순간은 오지 않을 것 같네요."

"아, 그렇군요. 그런데 왜요?"

"애초에 세상 밖의 세상엔 관심이 없으니까."

민철은 여름의 태도가 마음에 들지 않았는지, 아니면 정곡을 찔려서인지 인상을 썼어요.

"사람들이 흔히 자살 소동이라고 함부로 떠들어 대는 그 일이 있고 나서."

"'사물이랑 대화를 한다.'라고 쓰여 있네요."

민철이 여름의 말을 자르자 여름이 처음으로 인상을 팍 쓰며 신경질적으로 말했습니다.

"사물이 아니라!"

"사물이 아니면 뭐랑 대화를 해요? 귀신이라도 봐요? 요즘도 무당이 있나?"

"살아 움직이는 모든 생물의 생각을 읽고 대화를 합니다."

여름은 굳이 숨기려 하지 않았어요. 민철의 입에서 실소가 터졌습니다.

"어떻게요?"

분명 조소가 섞인 질문인데, 여름은 성실하게 설명하기 시작했어요. 어떤 식으로 대화를 하는지에 대해서요.

"모든 생물이 소통하는 방식은 다르지만 소통을 할 때 온몸에서 동일한 분자가 뿜어져 나와요. 해방을 선택한 날, 제 안으로 퍼진 스모그가 뇌의 어떤 부분을 자극해 미세한 분자들을 볼 수 있게 된 거예요. 그래서 저는 미세한 분자를 보고 그들이 무슨 이야기를 하는지 무슨 생각을 하는지 알 수 있는 능력이 생겼죠."

그러니까 여름은 내 말이 들리는 것이 아니라 보이는 거네요. 민철은 서류를 탁자에 내려놓았어요. 그리고 다리를 꼬고 팔짱을 끼고 의자에 기댄 채 물었어요.

"그 분자라는 게 어떻게 생겼는데요?"

"때론 점이기도 하고 때론 선이기도 하고."

"모스부호 같은 거요?"

"뭐 비슷해요."

"거참 신기하네."

민철은 고개를 끄덕거렸지만 그 역시 조소로 가득했어요.

[민철은 관심 없어요.]

"알아요."

"지금 내가 무슨 생각하고 있는지 맞혀 볼래요?"

민철이 나를 보며 말하는 여름을 병균 보듯이 바라보면서 물었죠.

여름은 지체 없이 대답했습니다.

"저 안 뽑을 거죠?"

"진짜 읽는 모양이네?"

"읽지 않았습니다. 눈치가 빠른 편이라."

여름은 민철을 보지도 않고 대답했습니다. 그러고는 주섬주섬 짐을 챙겨 떠날 채비를 했어요. 나는 푸른 고글을 쓰고 칙칙한 마스크를 쓴 여름에게 소리쳤어요.

[나 좀 데려가요!]

항상 원했지만 그 누구에게도 부탁하지 못한 일이었습니다. 여름은 망설임 없이 내게 다가왔습니다.

"이건 제가 가져갈게요."

민철의 표정이 굳어졌습니다.

"그걸 왜 가져가요?"

여름은 나를 안아 들었어요.

"이봐요. 왜 남의 화분에 손을 대요? 내려놔요!"

[데려가 줘요. 물이라곤 가끔 민철 엄마가 와서 주는 게 전부예요. 저 인간은 물을 준 적도 없어요. 그리고 담배를 무지 많이 피워요. 산소 아깝다며 환기도 안 시키고 본인은 집으로 휑 가 버리고. 이러다가 저는 죽을지도 몰라요.]

"이봐, 임여름 씨 내 말 안 들려요?"

"물도 안 주고 산소 아깝다고 환기도 안 시키는 주제에."

"뭐라고?"

이름이, 옵니까?
193

여름은 여전히 민철을 보지 않았습니다. 왜 쳐다보지 않는 걸까요?

"어차피 물도 그쪽 엄마가 와서 준다면서요. 애초에 관심도 없으면서 갑자기 애정이라도 생기셨나? 제가 가져갈 테니까 그런 줄 알아요."

막무가내로 밀어붙이는 여름 앞에 민철은 망부석이 되어 버렸어요. 힘으로 여름을 붙잡으려는 행동도 하지 않았습니다. 그저 바라보기만 했죠. 나는 민철을 떠나서 기뻤습니다. 그렇게 나쁜 사람은 아니었지만 나를 죽일 사람이라는 것은 확실했죠. 그리고 무엇보다 여름을 따라가고 싶었습니다.

오늘 처음 바깥세상을 만났습니다. 큰 차에서 차로, 건물에서 건물로 이동했기에 단 한 번도 보지 못한 세상이었죠. 흔히 사람들은 버려진 세상이라고 부르는. 역시나 사무실보다 더 갑갑하고 뿌연 스모그가 나를 맞이했습니다. 여름은 후다닥 내게 투명 비닐봉지를 씌워 주었어요.

[히익, 답답해요.]

"답답해도 참아요. 사무실에서 맡는 담배 연기보다 백배 아니, 천배는 해로우니까."

세게 매듭을 묶으며 여름이 내게 말했습니다.

"산소 아끼느라 강제 환기는 많이 못 시키지만 사무실보다는 나을 겁니다."

[이름이 여름이에요?]

"네 맞아요."

[예쁜 이름이네요.]

"여름이 뭔 줄 알아요?"

[아뇨.]

"사라진 계절이에요. 지독하게 덥고 끔찍하게 끈적거리는. 그런데 어느 곳 하나 눈길 가지 않는 곳이 없던 그런 찬란한 계절이었대요."

[무슨 색인데요?]

"그 많은 색을 다 셀 수 있으려나?"

[그런 게 어디 있어요?]

"여름이 오면 알게 될 거예요."

[여름은 어떻게 오나요?]

"아마도 비가 오고 땅이 젖어 말랑해지면."

비가 오지 않는 지구였고 땅은 온통 딱딱한 검은 아스팔트였습니다. 말랑해질 수 있을까요?

[제가 있던 화원은 비가 오지 않아도 축축하고 말랑한 흙이 담긴 화분이 있고 알록달록했어요.]

내 말에 여름은 그저 웃기만 했습니다.

[그런 날은 언제쯤 오는데요?]

"이렇게 불쌍한 화초 몇 개 더 해방시켜 주고 좋은 일 하다 보면 오겠죠."

나를 안아 든 여름의 손은 분명 화분에 닿아 있는데, 그 손이 왜 그렇게 따뜻하게 느껴지던지. 여름은 걷는 내내 내게 쫑알쫑알 이야기를 건넸습니다.

[그런데 왜 민철을 똑바로 보지 않았나요?]

"생각이 보이거든요. 남의 생각을 보는 무례한 사람이 되고 싶지 않아서요."

[이렇게 혼잣말을 하고 다니면 이상한 사람으로 보지 않을까요?]

"어차피 마스크를 쓰고 있어서 잘 모를 거예요. 전화를 한다고 생각하거나. 설령 그렇게 봐도 열 명 중 일곱 명은 관심을 갖지 않는데요. 나는 그 무관심을 잘 활용하고 있고요."

[그럼 나머지 세 명은요?]

"두 명은 나를 싫어하고 남은 한 명은 나를 좋아한다고 하네요."

마스크 안에서 여름의 어색한 웃음소리가 또 한 번 들려왔습니다. 어쩌면 여름은 스모그가 만든 벽, 고글과 마스크가 만든 벽으로 인해 무관심이 만연한 세상에서 가장 순수하고 밝은 사람일지도 모릅니다.

"무례하게 들릴 수도 있지만 가족 관계가 어떻게 돼요?"

화초에게 가족 관계를 묻다니. 처음 받아 보는 황당하고 어이없는 질문이었습니다.

[그런 질문은 처음이에요.]

"그래서 대답 안 해 줄 거예요?"

[엄마 화분에서 나 혼자 분갈이 되었어요. 그 뒤로 엄마가 얼마나 많은 동생들을 분갈이했는지 몰라서 말해 주기 어렵네요.]

처음 듣는 질문이기에 당황했지만 이상하게도 선을 넘는 여름의 무례함이 불편하지 않았습니다.

여름은 어디든 나를 데리고 다녔습니다. 그리고 많이 대화하고 서로를 알아 가다 보니 허물없는 사이가 되었죠. 여름은 산소 요금을 지불할 능력이 없어 가끔 일용직으로 일했습니다. 그곳에서 산소를 조금씩 충전해서 쓰기에 항상 내게 미안해했습니다.

"내가 취직하면 강제 환기 시켜 주고 산소 마시면서 집에서 쉬게 해 줄게."

[아니야! 나는 이렇게 돌아다니는 게 더 좋아.]

"머무르게 태어났는데 돌아다니는 게 좋을 수가 있나?"

여름이 의아해하며 물었습니다. 그러게요. 애초에 화초는 돌아다닐 수 없는 생물인데, 그걸 내가 어떻게 알고 좋아하는 걸까요? 그러다 문득 마스크를 벗어 던졌던 여름의 행동이 떠올랐습니다.

[그냥 좋은 거라고 생각했어. 여름이 마스크를 벗어 던졌을 때처럼.]

"맞는 말이네."

그때 스마트폰이 울리고 여름은 전화를 받았습니다.

"그쪽 어머니가 누군데요?"

날카로운 목소리였어요. 여름의 귀에 바짝 붙어 있는 작은 스마트폰에서 무슨 소리가 나기에 여름을 화나게 하는 건가 궁금했습니다.

"말했듯이 나는 당신 사무실에 있던 스투키가 말해 준 대로 전했을 뿐이에요."

궁금증이 해소됐습니다. 민철인 모양이에요. 나는 차라리 민철이 여름에게 일자리를 주기를 바랐습니다. 나를 들고 다니느라 고생하는 여름을 위해서 말이죠.

"아니, 그래서 그쪽 어머니가 누군데. 우순정이요? 모른다니까요? 도대체 이 통화는 언제까지 하실 생각입니까?"

푸른 고글 안에서 동그란 여름의 눈이 세모나게 변하는 것 같았어요.

"강수영이요? 그건 우리 엄마인데, 그쪽이 우리 엄마를 어떻게 알아요?"

민철과 통화를 하던 여름의 목소리가 처음보다 조금은 차분해졌습니다.

"예? 정말입니까? 아뇨. 괜찮아요. 지금 가겠습니다."

여름의 전화가 끝나자 나는 무슨 일인지 물었습니다.

"같이 일을 하자네?"

민철이 여름에게 소개해 준 일은 아주 큰 부잣집의 청소 용역 중 하나였습니다. 돈을 벌기 시작하고 산소 요금을 지불할 능력이 있는데도 불구하고, 여름은 나를 데리고 다녔습니다. 이유는 간단했습니다.

"부잣집이라 그런지 산소 농도가 진하고 매일매일 강제 환기를 시키는데, 그 좋은 공기를 어떻게 나 혼자 마시냐?"

[같이 일하는 사람들이 이상하게 보지 않아?]

"이상하게 보라지. 어차피 내 세상에서는 나만 정상이야."

웃음이 나는 그 순간에 무전기에서 여름을 호출하는 소리가 들렸어요.

"이야, 나는 아직도 신기해. 집이 얼마나 크면 화장실에서 부엌으로 호출하는데 무전기까지 대동하는지……. 여기 있어. 금방 다녀올게."

[내가 혼자 어딜 가겠어?]

여름이 장난스럽게 웃으며 떠나고 나는 화장실에 있었습니다. 화장실에서 느껴지는 산소조차 1등급이었습니다. 그때 문이 열렸습니다. 아침마다 일을 전달하는 날카롭게 생긴 사내가 들어왔습니다. 사내는 손을 닦다가 나를 바라봤어요. 그의 시선이 묘하게 불편했습니다.

"이게 왜 여기 있어?"

[여름을 기다리는 중이니까요.]

하지만 내 말이 보일 리가 만무했죠. 사내는 나를 들고 어딘가로 향했습니다. 도착한 곳은 아주 커다란 방이었어요. 여기는 여름과 일을 하며 단 한 번도 와 보지 못한 장소였죠. 방 안엔 나와 같은 화초들이 가득했어요. 그리고 화분에는 하나같이 샛노란 영양제가 꽂혀 있었습니다. 영양제를 맞진 않았지만 영양제라는 것 정도는 알고 있었습니다. 좋은 공기와 좋은 영양제를 흡수해서 그런지 다들 크고 윤이 나고 활기 넘쳐 보였습니다. 부러웠냐고요? 사실 부러웠어요. 그리고 그들 사이에 커다란 수조가 있었어요. 끝이 보이지 않는 커다란 수조요. 그 안에도 온갖 화초들이 가득했습니다.

[물 안에 화초가 있네?]

[저거 가짜야.]

유칼립투스가 답해 줬어요.

[저 안에 물고기가 있는데, 걔 위해서 넣어 놓은 가짜래. 근데 넌 누구니?]

[나는 여기 청소하는 사람이 데리고 온 스투키인데, 방금 저 사람이 멋대로 여기로 데리고 왔어요. 여름이 날 찾을 텐데.]

[이런 세상에 화초를 데리고 다닐 정도의 사람이 있다니. 그런 사람이라면 분명 찾으러 올 거야. 걱정하지 마.]

벽에 걸린 틸란드시아가 나를 위로했습니다. 그때 정말 그의 말대로 방문이 열리고 여름이 들어왔어요.

[여기야!]

"어딜 그렇게 돌아다니는 거야?"

나는 간단하게 자초지종을 설명했고 유칼립투스는 어차피 듣지도 못하는데 뭘 그렇게 일일이 설명하냐며 거추장스러운 먼지를 털어 내듯 말했어요.

[우리 여름은 다 알아요.]

[알아듣는다고?]

[정확하게 말하면 보이는 거죠. 여름은 우리와 대화를 할 수 있는 재능을 가졌어요.]

하지만 유칼립투스는 냉소적으로 답했습니다.

[재능일지 병일지 그걸 어떻게 알아?]

유칼립투스의 말에 여름이 말했습니다.

"이렇게 꽤 오랜 시간 지내면서 병 같지는 않았는데……. 그러면 축복받은 건 아니더라도 그냥 재능 정도는 되지 않을까요?"

하지만 유칼립투스의 태도엔 변화가 없었죠.

[흥, 그거야 모르지. 그럼 여기 영양제나 다른 브랜드로 바꿔 달라고 해. 돈도 많으면서 이런 싸구려를.]

문이 열리고 나를 여기로 데려온 사내가 들어왔어요.

"마침 여기 있었군요. 안 그래도 이 방을 청소할 사람이 필요했는데 잘됐네요. 간단하게 화초에 물 주고 잎에 먼지 좀 닦아 주세요. 그리고 간단하게 수조 유리를 닦으시고요. 그리고 간단하게……."

사내는 간단하지 않은 일을 시키면서 간단하다는 말을 쓸데없이 반복했습니다.

"네, 알겠습니다."

여름은 백여 개나 넘는 화분들의 잎을 일일이 닦고 물을 주었습니다. 그리고 다른 화초들과 이런저런 이야기를 나눴죠. 마지막으로 걸레를 빨아 와 사다리를 설치하고 수조 유리를 닦으며 방 안에 있는 다른 화초들에게 물었습니다.

"그런데 이 수조엔 왜 아무것도 없어요?"

[있는데 안 나오는 거예요.]

"뭐가 있는데요?"

[커다란 물고기를 관상용으로 작게 만들었다던데 정확하겐 몰라요.]

여름이 궁금했는지 수조 유리를 두드리기 시작했습니다. 행여 유리가 깨질까 봐 걱정이 돼서 말려 봤지만 소용없었어요.

"나와 봐!"

그때 방문이 열리고 여름의 동료가 들어오고 나서야 멈췄습니다.

"뭐 해요?"

"청소요."

"오늘은 끝나고 나 대신 한 시간 더 하세요."

"다른 사람한테 부탁하세요."

"팀장님 오더입니다."

여름은 쳐다보지도 않고 알겠다고 대답했습니다. 다시 문이 닫히고 여름이 크게 한숨을 내쉬었습니다. 이런 게 따돌림인가요? 여름이 한숨을 내쉬던 그 순간 수조 멀리서 새하얗고 여름의 팔뚝만 한 물고기가 모습을 드러냈습니다. 이마가 볼록 튀어나온 게 참 귀여웠습니다. 물고기는 여름의 앞에서 부드럽게 헤엄을 치기 시작했습니다. 여름이 그에게 말을 건넸어요.

"너는 정체가 뭐야?"

나는 물고기의 대답을 알 수가 없었습니다. 여름은 내게 했듯이 그 하얀 물고기에게도 황당한 질문들을 계속했어요. 그리고 물고기는 대답을 잘해 주는 것 같았습니다. 원래 근무 시간보다 한 시간 더 늦게 퇴근한 여름은 이상하게 지쳐 보이지 않았습니다. 집에 도착하고 물었어요.

[안 힘들었어?]

"힘들지. 이 세상에 안 힘든 일이 어디 있겠어?"

[근데 왜 그렇게 싱글벙글 웃어?]

"아까 그 물고기가 생각나서."

[재밌는 얘기라도 했어?]

여름이, 옵니까?

"아니, 재밌는 얘기는 없었는데 그냥."

여름은 말을 이어 나가지 않았습니다. 여름이 좋다니 나도 좋았습니다. 정말이에요.

정말 좋은데 여름을 괴롭히는 인간들과 마주할 때면 마냥 좋을 수가 없었습니다. 왜 인간들은 자신과 다르면 무시하고 괄시하고 이용하는 걸까요. 그날은 항상 굳건하던 나의 여름이 무너진 날이었습니다. 여름의 눈에서 쏟아지는 눈물을 맞고 싶지 않았어요. 그냥 지금의 지구처럼 여름의 눈물도 마르길 바랐습니다.

[왜 우는 거래?]

유칼립투스 옆에 놓인 커다란 벵갈고무나무가 물었습니다. 나는 밖에서 무슨 일이 있었는지 모르니 해 줄 말이 없었습니다. 여름이 씩씩한 척 대답했습니다.

"별거 아니에요. 그냥 매일 듣는 말인데 오늘은 기분이 썩 좋지 않네요."

여름은 사다리를 타고 올라가 수조 앞에 앉아 악기를 연주하듯 수조 유리를 부드럽게 두드렸습니다. 그러자 하얀 물거품과 함께 물고기가 나타났어요. 그리고 대화가 시작되었습니다.

"그나저나 너 지느러미는 왜 그렇게 작아."

"아니, 오른쪽이 유난히 작잖아. 작고 모양도 살짝 찌그러져 있고."

"아 미안. 놀리는 게 아니라 그냥 궁금해서."

"부작용? 무슨 부작용이었는데?"

"참 나, 그럼 수조를 크게 만들고 설비를 제대로 해서 원래 모습으로 키우면 되잖아. 하나같이 똑같구나. 자기들 편한 것만 생각하느라 다른 것들은 신경 쓰지 않는 게, 하나같이 똑같아."

"나? 그냥 울었어."

그때 노크 소리가 들리고 누군가 안으로 들어왔어요. 여름은 후다닥 걸레를 들고 수조를 열심히 닦는 척했습니다.

"임여름 씨."

익숙한 목소리였습니다. 민철입니다.

"아, 사장님."

여름은 사다리에서 내려오지 않고 몸만 돌렸습니다. 민철이 사다리 근처로 바짝 다가왔어요.

"저, 그러니까, 일은 좀 어때요?"

"일이야 뭐, 매일 똑같습니다."

"아, 그렇군요. 똑같구나."

민철은 입술을 깨물고 불필요하게 고개를 돌리며 어딘지 모르게 불편해 보이는 행동을 했어요. 분명 좋은 얘기를 하려는 것 같지는 않았습니다. 눈치 빠른 여름은 민철의 생각을 보지 않으려고 고개를 돌렸어요. 민철은 화제를 돌리려는 듯 나를 보며 말했습니다.

"저거, 잘 크네."

"그럼요. 누가 키우는데요. 당연히 잘 크죠."

여름은 내내 사다리 위에 있다가 내 얘기를 하자 아래로 내려왔어요. 그리고 용기를 내어 말했습니다.

"괜찮으니까 말씀하세요."

"오늘은 왜 안 읽어요?"

민철은 눈을 맞추려고 했지만 여름은 그 시선을 피했습니다.

"원래도 사람 생각은 안 읽어요."

"지난번엔······."

조금 짜증이 났는지 민철의 말을 가로챘습니다.

"지난번에도 읽은 게 아니라."

여름은 한숨을 쉬고 작게 "말해 뭐 합니까."라고 하고는 살짝 기죽은 목소리로 말했습니다.

"다른 직원들이 저에 대해 또 안 좋은 소리를 하던가요?"

민철이 놀란 듯 물었어요.

"어떻게 알았습니까?"

"우연히 들었습니다. 그래서 해고하시려고요?"

"그런 게 아닙니다. 여름 씨 이 일은 팀원 간의 호흡이 아주 중요해요. 근데 여름 씨만 혼자 튀는 행동을 하거나 화합하지 않고 노력조차 하지 않으면 안 된다는 말을 해 주고 싶습니다."

내가 본 여름은 열심히 노력했어요. 그런 여름을 튀는 사람, 오버하는 사람으로 몰아간 건 그들이었습니다. 그때 하얀 물고기가 창을 톡톡 건드렸어요. 나와 같은 생각을 했겠죠? 그도 여름의 편일 테니. 물고기를 보는 여름의 얼굴에 미소가 비쳤습니다. 여름이 웃는 걸 보니 내 생각이 맞는 모양입니다. 둘의 모습을 본 민철은 여름에게 물었죠. 물고기와도 대화를 하느냐고.

"네."

여름은 여전히 솔직했습니다.

다음 날 여름은 나를 데리고 가지 않았어요. 이해했습니다. 그런데 퇴근하고 집으로 돌아온 여름을 보자 따라가지 않은 걸 후회했습니다. 여름은 얼이 빠진 사람마냥 가만히 앉아서 내가 묻는 말에 제대로 대답도 하지 못했어요. 따라갔다면 무슨 일이 있었는지 알았을 텐데. 다음 날도 그다음 날도 여름은 나를 데려가지 않았습니다. 퇴근 뒤엔 항상 깊은 생각에 잠긴 듯 어두웠어요. 여름에게 물었습니다.

[괴롭힘이 심해?]

"아니. 이제는 괜찮아."

[그런데 요즘 왜 그렇게 어두워?]

"그게 말이야. 누구한테 어떤 부탁을 받았는데 그 부탁이 네가 내게 했던 거랑 근본적으로 분명 똑같거든? 그런데 선뜻 용기가 나지 않아. 어쩌면 좋지?"

무슨 말인지 이해하지 못했지만 '내가', '여름에게', '부탁' 이 세 단어를 가지고 유추가 가능했죠. 분명 누군가가 여름에게 민철의 사무실에서 내가 했던 것처럼 부탁을 한 모양입니다.

[그럼 해 달라는 대로 해 줘.]

"근데 이게 맞는 건지 모르겠어."

[여름아! 내가 원하는 걸 내가 잘 알았기 때문에, 너에게 부탁을 할 수 있었던 거야. 당사자가 원하는 건 당사자가 제일 잘 알아. 확신이 없는 일은 부탁하지도 않았을 거야.]

"그런가? 그럼 한번 해 보지 뭐. 그래, 하자."

부탁의 당사자가 누구인지 도대체 어떤 부탁을 했기에 깊은 고민에 빠졌는지 더는 물어보지 않았습니다.

사나흘 정도 흐른 뒤, 여름이 내게 말했습니다.

"아주 잠시만 어디 좀 다녀올게."

[어딜 가는데?]

"다녀와서 말해 줄게."

나는 그냥 여름을 따를 뿐입니다. 여름은 나를 안고 민철에게 갔습니다.

"며칠만 부탁드리겠습니다."

민철이 물었습니다.

"무슨 일인데요?"

"별일은 아닌데 그냥."

"물은 잘 줄 테니까 걱정 말고 다녀와요."

민철은 의외로 자세히 묻지 않고 나를 안아 들었습니다. 나를 민철에게 맡기던 여름의 표정은 그 어느 때보다 가볍고 밝았습니다.

"금방 올게."

[응, 다녀와.]

떠나는 여름은 커다랗고 각진 무언가를 메고 있었습니다. 얼핏 출렁이는 소리가 들리는 것 같았어요. 손을 흔들고 싶은데 손을 흔들 수 없어 아쉬운 찰나 민철이 손을 흔들며 여름을 배웅했습니다. 민철답지 않은 행동이었습니다. 여름은 그렇게 느닷없이 떠났습니다.

민철은 나를 자신의 집과 사무실에 데리고 다니며 말을 걸었습니다. 여름이 부탁하지도 않았는데 말입니다. 나도 대답은 해 줬습니다. 민철은 모르겠지만.

"도대체 어딜 간 걸까."

[그러게요.]

"사실 따지고 보면 나한텐 짐, 아니 너를 맡기고 가면서 고맙다는 인사도 제대로 안 했어."

[감사 인사는 원래 일이 끝나고 돌아오면 하는 거예요.]

"진짜 어디서 뭘 하는 거야."

[어휴, 왜 이렇게 궁금해하는 건지. 알아서 오겠죠. 여름

이 한두 살 먹은 어린애도 아니고.]

"처음 만났을 때부터 이상했어. 요즘 같은 세상에 그렇게 길고 곱슬곱슬한 머리를 하고 다니는 사람이 어디 있냐. 그런데 그게 생각나더라고. 임여름은 신경도 안 썼겠지만."

[여름도 신경은 썼어요. 좀 부정적인 경향이 있었지만. 아주 노골적이고 자극적이기도 했고.]

"엄마만 아니었으면 엮일 일은 아예 없었을 거야."

[그건 여름도 마찬가지 아닌가?]

그 뒤로도 민철은 여름에 대해 이야기했습니다. 그런데 그런 그의 모습이 어딘지 모르게 낯설었습니다. 여름을 처음 만난 날에는 부정적인 말투와 냉소적인 태도였던 민철이었는데, 지금 여름을 주제 삼아 말을 이어 나가는 민철의 말투가 조금은 부드러워진 것 같았습니다.

"'임여름' 하면 어떤 장면이 떠오르는지 알아?"

[그걸 내가 어떻게 알겠습니까.]

민철이 자리에서 일어나 나에게 다가왔습니다. 그의 손엔 물컵이 들려 있었어요.

"너를 가져가겠다는 그 말이랑 너를 안고 가던 그 모습. 그게 그렇게 생각나더라."

그러곤 물을 나에게 부어 주었어요. 화분의 흙이 파이지 않도록 골고루 정성을 담아서 말이에요. 문득 여름이 나를 맡기던 날, 아무것도 묻지 않고 떠나는 그녀에게 손까지 흔들던 민철의 모습이 떠올랐습니다. 민철은 확실히 달라졌습니다.

"전에도 네가 사무실 안에 있다는 건 당연히 알았어. 인식하고 있었다고. 네가 말라 죽어 가는 걸 아는데, 그래서 마음이 불편한데, 이상하게 몸이 움직이질 않더라고. 그게 더 나쁜 걸 알아. 근데 서슴없이 널 데려가고 나오는 달리 이렇게 잘 키운 임여름을 생각하면……."

[생각하면?]

"내게도 그 순간이 오고 있는 건 아닐까."

민철이 말하는 그 순간이라는 것이 무엇일까요.

다음 날 부잣집에서 본 사내가 민철의 사무실에 찾아왔습니다.

"임여름 어디 있어."

"임여름 씨는 무슨 일로."

고글과 마스크를 벗은 사내의 얼굴이 하얗게 질려 있었습니다.

"이미 신고했으니까 곧 알게 될 거야."

[신고?]

사내는 사무실을 훑어보더니 나를 발견하곤 험악한 표정으로 소리쳤어요.

"그 여자가 애지중지 끼고 다니던 화분이잖아! 이럴 줄 알았어! 둘이 한패지?"

"그게 무슨 말입니까? 진정하고 알아듣게 설명해요."

사내는 전혀 진정하지 않았습니다. 그리고 이번엔 울상이 된 표정으로 말했죠.

"당신들이 훔쳐 간 미니벨루가가 얼마인 줄 알아?"

민철의 미간이 날카롭게 좁혀졌습니다.

[미니벨루가?]

"그게 뭔데요? 들어 보지도 못한 걸 훔쳤다고 하시니 어이가 없네."

사내는 버럭 화를 냈습니다.

"어이가 없는 건 나야, 나라고! 이미 멸종된 벨루가 유전자를 미친듯이 구하고 변형시켜서 작게 만드는 데 얼마나 많은 돈이 들었는지 알기나 해?"

수조 안에 있던 귀여운 물고기의 정체가 벨루가인 모양이었습니다. 사내는 숨도 쉬지 않고 계속해서 말을 이어 나갔습니다.

"자그마치 1조야. 1조! 네깟 놈들은 죽었다가 깨어나도 못 만져 볼 돈이니까 탐이 났겠지. 그런데 아무리 그래도 그렇지, 어떻게!"

사내는 큰 숨을 몰아쉬더니 살짝 비틀거렸습니다. 민철은 반응도 없었습니다. 그저 간간이 이마를 만지작거리거나 헛기침을 할 뿐이었죠.

"이제 대량 생산만 하면 된다고. 방류 어쩌고 할 때부터 알아봤어야 했는데…….”

‘방류’라는 말에 민철의 시선이 사내에게 닿았습니다. 입을 살짝 벌렸다가 다물고 나를 바라보더니 한숨과 함께 한 단어를 내뱉었습니다.

“해방.”

우리는 여름이 왜 그렇게 갑작스럽게 떠났는지 그리고 그녀가 하고자 했던 일이 뭔지 알게 되었습니다.

[벨루가의 해방.]

벨루가가 원래 있어야 하는 그곳, 바다로 갈 수 있도록 도우려는 게 분명했습니다. 민철은 다시 사내에게 말했습니다.

“어차피 신고했다면서 왜 여기 와서 이러는 겁니까? 필요하면 조사를 받겠습니다. 여기에서 이러지 말고 당장 나가세요.”

사내는 이제 울부짖기까지 했어요.

“내가 열어 줬다고! 그날 내가 문을 열어 줬어. 그냥 놓고 간 게 있다고 해 놓고는…….”

이제는 슬슬 사내가 안쓰러워지기 시작한 동시에 여름이 걱정됐습니다.

지금 우리가 살고 있는 지구는 극심한 오염으로 인한 기상 이변으로 ‘물의 순환’이 멈췄습니다. 순환이 멈추자 계절이 사라지고 눈과 비가 사라지고 지상의 물이 말라 버렸습니다. 하지만 순순히 목말라 죽을 인간들이 아니었죠. 인간들은 많은 양의 바닷물을 담수화해 사용하기 시작했습니다. 그 때문에 해수면은 점점 하강했고 지구의 70퍼센트가 넘는 양을 차지하던 바닷물은 50퍼센트 그리고 올해 25퍼센트까지 줄어들었습니다. 그 말은 곧, 여름이 벨루가를 방류할 바다를 찾는 데 엄청난 시간이 필요하다는 말이기도 했습니다. 지금쯤 여름은 벨루가를 데리고 바다에 닿기 위해 걷고 걷고 또 걷고 있을 겁니다. 산소도 별로 없을 텐데 말이죠.

[자세히 물어볼걸.]

그날 깊이 물어보고 들어 보고 여름을 말릴걸. 후회가 몰아쳤습니다.

사내가 사무실을 나가고 민철은 아무 말도 하지 않았습니다. 그렇게 한참이 흐르고 민철은 이렇게 말했어요.

"그렇게까지 해야 했을까?"

날이 새도록 민철은 잠도 자지 않고 같은 자리에 앉아 있었습니다. 도무지 무슨 생각을 하는지 몰랐어요. 또 한참이 흐르고 민철은 별안간 나를 안고 어디론가 향했습니다. 비닐도 씌우지 않고 말이죠. 무거운 스모그가 나를 감싸기 시작했어요. 여름의 말대로 정말 고약했습니다. 오래 걸리지 않아 민철은 멈춰 섰습니다. 그런데 우리가 도착한 곳은 평범한 거리였어요.

"임여름 씨 말대로 나는 바깥세상에 관심 없었어."

민철이 이상한 말을 내뱉더니 고글을 벗어 던졌습니다.

[무슨 짓이에요!]

"하지만 해방이란 게 도대체 뭔지 알고 싶어."

말릴 수 없었습니다. 마지막으로 민철의 마스크가 벗겨지고 그는 힘없이 추락했습니다. 민철의 팔에 안겨 있던 나역시 시커멓고 딱딱한 아스팔트 위로 떨어지고 화분은 산산조각이 났습니다. 희미해져 가는 민철의 의식과 함께 내의식도 흐려졌습니다. 그 순간 민철의 손이 나를 강하게 쥐는 것을 느꼈습니다. 그리고 이내 검은 환영 속으로 떨어져 갔습니다.

얼마나 잠들어 있었는지는 모르겠습니다. 때가 되었는지약하게 타닥거리는 기계음 같은 게 들리고 의식이 서서히돌아오기 시작했습니다. 내가 가장 먼저 느낀 건 상실이었습니다. 여름 덕에 강해졌던 줄기 중 하나가 절단되어 있었습니다. 그리고 어쩌면 돌아오지 못할 여름이 생각났습니다. 상실감이 더욱 커지고 슬펐습니다.

[여름아 돌아와 줘.]

"이런 걸 말한 거구나."

흐릿한 의식 저편으로 익숙한 목소리가 나를 완전히 깨웠어요.

"네 말이 보여."

내 앞에 하얀 옷을 입은 민철이 서 있었어요.

"다시 말해 봐."

말을 해 보라는 민철에게 딱히 할 말이 없었습니다. 그저 여름에 대한 걱정뿐이었죠. 민철은 다그치지 않았어요.

"천천히 해."

그때 TV에서 뉴스가 흘러나왔습니다.

**년 만에 내리기 시작한 비는 한 달이 지난 지금도 그치지 않고 있습니다. 전 세계적으로 많은 피해가 발생했으며 이상 현상이 벌어지고 있습니다. 특히 해수면이 상승하고 동해안에서는 멸종된 줄 알았던 벨루가가 발견되었습니다. 발견된 벨루가는 몸집이 매우 작으며 한쪽 지느러미가……,

그제야 타닥거리는 소리가 기계음이 아니라는 걸 알았습니다. 창밖은 평소와 무척 달랐습니다. 두꺼운 스모그가 조금 걷힌 듯 건너편 건물이 옅게 보였고 동전만 한 물방울이 사정없이 창문을 두드렸습니다.

[저게, 비예요?]

민철은 웃으며 고개를 끄덕였습니다. 그 순간 지난날 여름과 나눈 대화가 떠올랐습니다.

'여름은 어떻게 오나요?'

'비가 오고 땅이 젖어 말랑해지면.'

나는 민철을 향해 물었습니다.

[여름이, 옵니까?]

임성은　글을 쓸 무렵 우연히 돌고래 방류에 대한 기사를 접했고 친구에게 제가 선물한 화분이 말라 죽었다는 연락을 받았습니다. 그렇게 「여름이, 옵니까?」를 쓰게 되었습니다. 제 글을 읽고 옆에 놓인 화분에 물 한 컵 부어 주고 돌고래의 자태가 아닌 자유에 관심을 가져 주시는 분이 한 분이라도 생긴다면 참 좋을 것 같습니다.

과학보다 윤리적 상상력이 더 필요한
21세기의 SF

박상준 (서울SF아카이브 대표)

제7회 한낙원과학소설상에 응모한 작품은 총 100편이다. 첫해에 19편이 들어온 뒤로 점점 늘어나다가 처음으로 세 자리 숫자가 되었다. 근년 들어 한국의 소설 출판 시장에서 SF의 비중이 크게 늘어났는데, 어린이청소년 대상의 SF 창작은 이미 그 이전부터 꾸준하게 저변을 넓혀 왔으므로 앞으로 응모작 규모는 계속 세 자리 수를 유지하리라고 조심스럽게 전망해 본다.

응모작이 많은 만큼 본심까지 올라온 작품들도 적지 않았다. 예전에는 작품의 질적 수준이 전반적으로 빈곤함을 아쉬워한 해도 있었으나 제7회 공모는 본심에서 심사위원들 간의 토론이 꽤 치열했다. 『항체의 딜레마』에는 본심에서 경합한 주요 작품들이 수록되었다.

「달 아래 세 사람」은 실제로 남아 있는 조선 시대의 그림 속 장면을 SF로 재해석한 것이 돋보였으며 이야기 또한 재미있었다. 월식이라는 과학적 사실에 시간 여행 설정을 더하여 꽤 아귀가 맞는 스토리를 빚어낸 솜씨가 예사롭지 않아 일부 심사위원이 당선작 후보로 언급하기도 했다. 하지만 캐릭터 설정에서 단조로움이 느껴져 상대적으로 아쉬움이 남고 맥거핀처럼 보이던 요소들은 깔끔하게 마무리되지 않아 결국 구성이 좀 허술해 보이는 단점을 숨기기 힘들었다. 이런 부분들이 작품의 전체적인 완성도를 끌어 내린 것이 아쉬웠으나 이야기를 끌어가는 힘만큼은 확실히 돋보인다. 앞으로도 작가의 왕성한 필력을 기대한다.

「외계에서 온 박씨」는 이야기가 재미있고 전개도 빤하지 않아서 좋았다. '흥부, 놀부' 이야기라는 우리 고전이 소재라서 독자와의 상호텍스트성도 돋보였다. 다만 이야기의 밀도가 허술한 편이었고 작가의 관점 자체도 작품 안에서 계속 흔들리는 것처럼 보여 혼란을 주었다.

「달의 뒷면에서」는 유쾌한 분위기가 장점이었으나 캐릭터, 설정, 대화 등 여러 면에서 아쉬움이 남았다. 작가로서 꾸준히 수련을 쌓아 원래 가지고 있는 장점에 걸맞은 창작 역량을 갖추기를 기대한다.

「여름이, 옵니까?」는 다음 세대의 시대정신을 암시하는 듯한, 틀을 벗어난 가치관이 호평을 받았다. 예상을 한 단계 뛰어넘는 엔딩 역시 좋았다. '여름'을 중의적으로 사용한 재치, 작중 식물의 시선, 여름이 민철의 행동까지 변화시키는 모습 등도 인상적이었다. 이런 요소들이 어우러져 아웃사이더가 세계를 변화시킬 수 있는 계기라는 제재를 잘 살린 것 같다. 이 작품 역시 당선작 후보로까지 논의되기도 했지만 이야기 자체는 큰 틀에서 충분히 예측 가능한 전개인 점이 아쉬웠다.

심사위원 전체의 동의를 거쳐 당선작으로 결정된 「항체의 딜레마」는 무엇보다 인간의 차별성을 감정의 우위에 두지 않는 점도 좋았고, 새로운 가능성을 여는 것으로 마무리된 결말도 훌륭했다. SF적 설정을 기본으로 스토리텔링을 풍성하게 하는 여러 요소가 잘 버무려진 점도 호평을 받았다. 호모 사피엔스를 뛰어넘는 하나의 거대한 역사가 새롭게 시작된다는 여운이 묵직하다. 작품을 세밀하게 들여다보면 흠잡을 구석들이 없지 않으나, 신인 공모전에서는 '웰메이드' 기성품 수준에서 더 나아가지 못하는 것보다 거칠지만 신선한 시도가 늘 환영받는 바임을 다시 한번 밝혀 둔다.

당선 작가의 신작인 「반달을 살아도」는 SF에서 비교적 흔히 접하는 설정을 갖고 와서 이 작품만의 독창적인 차별성을 잘 담아냈다. 「항체의 딜레마」와도 상통하는 맥락의 주제를 부각시킨 솜씨가 당선 작가의 역량이 진짜배기임을 드러내 보인다.

　이번 심사에서 기준으로 많이 논의된 내용은 다음과 같다. 먼저 예심 단계에서는 이야기 전개나 주제 전달에서 SF라는 형식이 꼭 필요한 작품이었나 하는 점을 살폈다. 최근 들어 성인 대상 SF소설 공모에서도 심심찮게 눈에 띄는 것이 주류 문학의 습작에 외피만 SF를 얹으려는 경향이다. 드물게 이런 시도가 시너지를 낳아 깊은 인문학적 성찰로 이끌기도 하지만, 대개는 주목할 만한 결과가 나오지 않는다.
　다음으로 본심에서는 기존의 한계를 뛰어넘는 윤리적 상상력이 얼마나 구사되었나 하는 면이 상당히 고려되었다. SF에서 윤리적 상상력이란 인간중심주의로부터 최대한 객관적인 관점을 견지하려는 것이 상당히 중요하다. 그와 함께 21세기 세대들에게 이 세상을 물려줄 기성세대의 입장에선 다양한 이야기의 모색에 반드시 깔려야 할 정서가 반성과 성찰이라고 생각한다. 따라서 그런 모색의 출발점은 기존의 한계를 깨는 파격적인 가치관일 것이다. 본심에 오른 작품들 중 상당수가 이런 점들을 잘 살린 경우였다. 또 책으로 묶여 나오면서 심사에서 단점으로 지적한 부분들도 많이 보완되어 각 작품마다 완성도를 최대한으로 높였다.

2020년은 코로나19가 전 세계에 창궐하면서 마치 SF가 현실이 된 듯한 삶의 풍경을 만들어 냈다. 이 시기를 거치는 어린이청소년 세대의 집단 트라우마도 많이 이야기되고 있고, 새삼 자연과 환경의 중요성을 절감하는 시간이기도 하다. 이미 기후 위기나 환경 오염 등은 20세기 세대의 원죄가 되었다. 이런 시대에 조금이나마 경종을 더하는 것이 오늘날 SF의 주요 미덕 중 하나일 것이다.

당선작 작가에게 축하를 드림과 동시에, 한낙원과학소설상에 응모한 모든 작가분에게 그 어느 때보다 진중한 마음으로 당부드린다. 꾸준히 정진하셔서 우리가 다음 세대에게 성찰과 희망의 메시지를 전하는 길에 매진해 주시기를.

항체의 딜레마

2021년 11월 11일 1판 1쇄

지은이 임서진 소향 조윤영 나혜림 임성은

편집 김태희 장슬기 이은 김아름 이효진 디자인 김효진
제작 박흥기 마케팅 이병규 양현범 이장열 홍보 조민희 강효원

인쇄 코리아피앤피 제책 J&D바인텍

펴낸이 강맑실
펴낸곳 (주)사계절출판사 등록 제406-2003-034호
주소 (우)10881 경기도 파주시 회동길 252
전화 031)955-8588, 8558 전송 마케팅부 031)955-8595 편집부 031)955-8596
홈페이지 www.sakyejul.net 전자우편 literature@sakyejul.com
블로그 skjmail.blog.me 페이스북 facebook.com/sakyejul
트위터 twitter.com/sakyejul 인스타그램 instagram.com/sakyejul

값은 뒤표지에 적혀 있습니다. 잘못 만든 책은 구입하신 서점에서 바꾸어 드립니다.
사계절출판사는 성장의 의미를 생각합니다.
사계절출판사는 독자 여러분의 의견에 늘 귀 기울이고 있습니다.

ISBN 979-11-6094-762-5 44810
ISBN 978-89-5828-473-4 (세트)